COBALT-SERIES

うちの殿下陛下は非力なくせに健気なからかい甲斐のある素晴らしい女性(ひと)です

最弱女王の奮戦

秋杜フユ

集英社

CONTENTS

CHARACTERS

セラフィーナ

ルーベル国女王。
女王としての自覚が芽生えつつある。
人並みの能力しか持たない
「亜種」の中では弱すぎる存在。
その脆弱さゆえ、国民はじめ夫候補の騎士たちは
セラフィーナを溺愛し忠誠を尽くすのだった……。

コリン

6歳でも夫候補。
愛くるしい言葉で、
セラフィーナを和ませる。

ジェローム

優秀な若き宰相。
冷静沈着、知の豪傑、
ながら――
激しく女王LOVE。

ルーファス
亜種返りと呼ばれる、
亜種の中でもずば抜けた存在。
女王への忠誠心も人一倍。愛が有り余って、
セラフィーナをやたらと触りたがる。
エリオット
天使のような容姿ながら
ずばっと痛いところをついてくる一面も。
愛ゆえにいちいち
セラフィーナを小馬鹿にしてくる。
ハウエル
ニギール国出身ながら、亜種の血も引く。
新たにセラフィーナの夫候補となった。

イラスト／明咲トウル

うちの~~殿下~~陛下は非力なくせに健気なからかい甲斐のある素晴らしい女性(ひと)です

最弱女王の奮戦

【第一章】最弱女王の日常

女王は部下を愛で、愛でられる

一年のほとんどを雲に覆(おお)われているルーベルだが、雲が晴れる季節というものがある。

それは夏の暑さが過ぎ去って久しい頃。

薄い雲の膜(まく)すら存在しない、透き通った青空の下、吹きすさぶ乾いた風にのって砂煙が上がった。

場所は王城のすぐ隣に建つ騎士棟の演習場で、有事を想定した大規模な演習が行えるだけの広さを備えていた。土をならしただけの円形の演習場は、研鑽(けんさん)を積む騎士たちの様子を見学できるよう階段状の観覧席でぐるりと囲まれており、もはや闘技場といっても過言ではない。

演習場への唯一の出入り口――闘技場で言うなら、戦士たちが入場するであろう門から真正面には、王族専用のバルコニー席が四角く張り出していた。

吹き抜けとなっている演習場の中で、唯一、テントを張って柔らかな日陰が作ってあるバルコニーには、深紅の布張りの玉座に腰掛けるセラフィーナの姿があった。テント越しの光でもなおまばゆく輝くハチミツ色の髪を風になびかせ、新緑の瞳をわずかに細めてどこか憂(うれ)いの浮かぶ表情で見つめる先は、演習場――ふたつの隊に分かれた騎士たちが向かい合って立っていた。

灰色に赤い差し色が入ったルーベルの騎士服を纏(まと)う彼らは、それぞれ、白と赤のたすきを掛け、白のほうが倍の人数を揃(そろ)えていた。向かい合うふたつの隊を繋(つな)ぐのは、一本の、人の腕ほどの太さがある縄だった。騎士たちは縄を挟むように二列に整列し、縄をつかんで膝をつく。

向かい合うふたつの隊の中央に、たすきを掛けずに旗を手にする騎士が立つと、縄の中心を示す赤い印を踏みつけた。しびれを感じるほどの緊張が漂う中、旗を持つ騎士は大きく息を吸い込む。

「…………始め！」

かけ声とともに後ろへ下がれば、左右の騎士たちが立ち上がり、一気に縄を引っ張った。

空中で張り詰めた縄の、中央を示す赤い印が右に左にさまよう。

「十！　九！」

旗を持って戦況を見守る騎士が、突然カウントダウンを始めた。すると、白いたすきを掛けた騎士たちが声を張り上げる。

「急げ！　さっさと決着をつけるんだ！」

「声を合わせろ！」

「オーエス！　オーエス！」

ひときわ大きくなったかけ声に合わせ、中央をさまよっていた赤い印が白側へと動き出した。赤いたすきの騎士たちも声をあげて対抗するも、人数が少ないうえ白側の気迫に呑(の)まれたのかずるずると劣勢に追い詰められていく。

縄の中心を示す赤い印がじわりじわりと移動して、勝敗を決めるために地面に描いた白い線まであと少しというところまで来た。

「二、一――零(ぜろ)！」

カウントダウンが終わる――と同時に、赤いたすきをかけた騎士たちの背後に、ルーファスが立った。

わずかな間、亜種返り（あしゅがえ）を示す見事な金色の瞳で白いたすきをかけた騎士たちを見つめた後、足下へと視線を移して軽く屈む。引きずられまいと必死に抵抗する騎士たちが引っ張る縄の端をつかむと、生命力あふれる大地を思わせる焦げ茶の髪をなびかせながら姿勢を正した。

「――――ふんっ」

ひとつ息を吐きながら、ルーファスは片手で縄を引っ張る。途端、赤い印が中央へ戻るどころか、どういうわけか縄は大きくうねって一本釣りよろしく背後へ飛んでいった。縄を引っ張っていた白たすきの騎士たちも一緒に引きずられ、縄のしなりに合わせて空高く放り投げられる。

宙を舞う騎士たちはなすすべもなく、美しい弧を描きながらルーファスの背後にぼとぼとと落っこちたのだった。

「勝者、ルーファス騎士隊！」

中央で待機していた騎士が、ルーファスたち赤いたすきを掛けた騎士たちへ向けて旗を振り下ろした。

勝利を喜ぶ騎士たちの歓声を、セラフィーナは観覧席から聞いていた。ほっと息を吐きながら浮かせていた腰を玉座に下ろす。権力を誇示せんとばかりに豪華な装飾を施（ほどこ）した玉座は、見た目の物々しさとは裏腹に、優しくセラフィーナを受け止めた。

「いい勝負だったわね。まだ胸がドキドキするわ」

胸を押さえて興奮気味に言うセラフィーナに、斜め後ろで控えるアグネスが「そうですね」と同調する。

「健闘したのではないでしょうか。残念ながらルーファス様がすべて持って行ってしまいましたけど」

「ルーファスの参加があと五秒遅かったら、結果はわからなかったわね」

ルーファスが綱引（つなひ）きに参加するまでの十秒が、とてもいい塩梅（あんばい）だとセラフィーナは感心する。

アグネスは当然でしょうとばかりにうなずいた。

「長い歴史を誇る運動会ですから。そのあたりは培（つちか）ってきた経験から最もドラマティックになるよう、計算いたしております」

そこで言葉を切ると、びしっと、手を演習場へ向けて伸ばす。

「すべては！　我らが愛する女王陛下に楽しんでいただくため！」

「我らルーベル騎士は！　粉骨砕身（ふんこつさいしん）して競技に挑みます！」

突然、アグネスがポーズを決めて声を張り上げたかと思えば、演習場の騎士たちも声をそろえて応えた。いつのまにか、全員が跪（ひざまず）いて頭（こうべ）を垂れている。

相変わらず重たい女王愛に若干（じゃっかん）逃げ腰となりつつも、セラフィーナは「が、頑張ってね」と笑みを浮かべたのだった。

人間と似て非なる存在——亜種の末裔が暮らす国、ルーベル。

人と同じ外見でありながら、強靭な肉体と優れた知力を持つ彼らには、愛してやまない存在がある。

それこそが、ルーベル国を治める女王。

絶対的強者である亜種の国において、人とほとんど変わらぬ身体能力しか持たない脆弱な女王を、ルーベル国民はただひたすらに溺愛する。

それはまるでひな鳥を愛する親鳥のように。

儚き女王の一挙手一投足を熱く見つめ、あえて足下に小石を置いて躓く様を愛でつつ、ちょっとの怪我でも傷痕ひとつ残らないよう最善を尽くす。

身の回りの世話や食事、一日の行動、はては身につけるものや手に触れるもの、目に映るものまで、女王のありとあらゆるものを把握、管理し、自分たちの中ですべてが完結すればいいと思うほど、ルーベル国民は女王を愛していた。


そんな重たい愛を常に受け止め続けるセラフィーナは、本日、王城横の演習場にて、城詰めの騎士たちによる運動会を観戦していた。

アグネスが言っていた通り、この運動会の歴史は深く、それこそルーベル建国と同じころから年一回行われていた。

基本的に女王の夫の数に合わせて隊を分け、競うルールとなっている。そのため、今回も赤、白、青の三隊に分かれ、女王の夫候補であるルーファス、エリオット、ハウエルの三人が隊長を務めていた。

ただ、つい最近までセラフィーナの（表向きの）夫候補はルーファスとエリオットのふたりだけだったため、二隊で競うだけでは盛り上がりに欠けると、前年までは青組の隊長をジェロームが務めていた。

「さぁ、続いての競技はリレーです！」

吹き抜けの演習場に、ジェロームの興奮した声が高らかに響く。

ハウエルに隊長職を譲った彼は、今大会では安定の司会進行役を担っていた。

普段の落ち着いた仕事人間然とした雰囲気はどこへやら。身体全体を使った身振り手振りとともに、鼻息荒く実況中継している。もしかしたら、請け負った仕事に真摯に向き合うからこその熱さかもしれない。事実、彼の実況はセラフィーナの心を震わせる力があった。

ジェロームの進行に合わせ、各隊の参加者が演習場中央へ出てくる。

演習場の縁に沿って伸びる円形の競争路を、四人一組でひとり一周、計四週でタイムを競うというのがリレーのルールだ。

で、ありながら、白隊はエリオットひとりだけだった。それは、綱引きでルーファスが参加するまでに十秒のタイムラグがあったのと同じ理由である。

夫候補に選ばれるだけあり、隊長を務める三人はルーベル国民の中でも群を抜いて身体能力が高い。ゆえに、彼らは十数種類ある競技の中からひとつしか出場できないうえ、ハンデを負わなければならなかった。

隊長がどの競技に出るのか各々自由に選べるのだが、確実に勝ちに行くために、隊長同士ではぶつからないよううまく調整しているらしい。

今回のリレーでは、四人で走るところをひとりで、さらに他隊が第二走者にバトンタッチしてから走り出さなければならない。

「なんだか、綱引きよりも厳しいハンデじゃない？」

心配するセラフィーナに、アグネスは「そうでもありませんよ」と答えながらバルコニーの縁まで歩いた。

「エリオット様の健脚をもってすれば！　圧勝間違いなしですわ！」

びしっと片手を空へ伸ばしてポーズを決める。その手に握りしめるのは、白いポンポン。

「フレー、フレー、エーリーオット！」

「フレッ、フレッ、エリオット！　フレッ、フレッ、エリオット！　ワ――――!!」

両手に持ったポンポンを大きく振り回しながら声を張り上げれば、セラフィーナの背後から複数の声援が飛んできた。

突然のことに驚いて玉座の向こうを振り返れば、セラフィーナ付きのメイド達が同じようにポンポンを振り回していた。

「え、ちょっと待って！　去年まで、みんな特定の誰かを応援したりしなかったよね!?　どうして急に……」

「それはもちろん、わたくしが調きょ……指導しましたから」

「ねえ、いま、調教って言った？　言ったよね？　他所様(よそさま)の親御さんから預かっている娘さん達になにやってるの!?」

「大丈夫です、陛下！　私たちは強制などされておりません。ただ、自分に正直に生きていいと教えていただいただけなんです！」

「そうです！　私たちはただ、自分たちが応援したいと思った方を、陛下の夫候補だから恐れ多いと遠慮(えんりょ)することなく応援しているだけなのです！」

　目を輝かせて語るメイド達に、セラフィーナは「なんかごめん……ほんとにごめんなさいっ」と罪悪感に打ちのめされたのだった。

「ほら陛下、的外(まとはず)れな罪悪感を覚えている場合ではありませんよ。エリオット様の勇姿をその目に焼き付けてください！」

　アグネスにせっつかれ、セラフィーナは慌てて前を向く。

　演習場では、赤隊と青隊の第一走者が走り出すところだった。

「位置について、よーい……」

　審判の声に合わせて空砲が鳴り、赤と青の走者が走り出した。

　大規模演習が行えるほど広大な演習場の縁を、ふたりの走者は抜きつ抜かれつぐんぐん走っていく。例えばもし、あそこに百メートル走中のセラフィーナが加わったとして、置いてきぼりにされるだろう。

半分ほど進んだところで、第二走者が所定の位置に移動し始めた。その中には、エリオットの姿もあった。

「エリオット様ぁ――――――！」

アグネスのほぼ悲鳴に近い声に反応したのか、エリオットが顔をあげた。

セラフィーナと目が合った彼は、片手を軽く振りながら片目をつぶって見せた。

「きぃやあぁぁぁああっ!!」

黄色い声などという可愛らしい表現ではすまない絶叫が周りから沸き出した。あまりの勢いに、セラフィーナは玉座から転げ落ちる。

「へいか！」

倒れ伏すセラフィーナに駆け寄り、手を差し伸べてくれたのは小姓のコリンだった。

「とつぜんたおれるだなんて、どうかされたのですか？　なんだか、つきとばされたみたいでした」

不思議そうにキョロキョロと辺りを見渡す彼に、アグネス達の熱情に気圧されて、とは言えなかった。笑ってごまかしつつ、手を借りながら玉座に座り直す。

あらためて演習場を見れば、バトンが第一走者から第二走者へ渡るところだった。

最初に走者交代したのは青隊。続いて赤隊のバトンが渡るのを見送ってから、「エリオット様、スタートです！」と審判が空砲を鳴らした。

すでに他隊の走者は競争路の四分の一まで到達している。本当に間に合うのだろうかと、心配したのもつかの間。

一歩踏み出したかと思えば、エリオットの姿がかき消えた。

「消えた!?」

と驚くセラフィーナへ、アグネスは「これくらいで見えなくなるのですね。さすが陛下、脆弱です」と不敵に笑い、演習場へ向けて指をさした。

指し示す先が動いていると気づいたセラフィーナは目を凝らす。相変わらずなにも見えないが、競争路に砂煙が上がっていることに気づいた。まるでそこに見えないなにかが存在するかのように、砂煙の発生源が目にも留まらぬ速さで他隊の走者を追い抜いていく。

「まさかあれ、エリオットォ!?」

「ちなみに、一周遅れにしたところですわ。つまりはあと一周でゴールですわね」

「え、うそ、もう三周回ったの!?　……て、あ。終わっちゃったー……」

話している間にも最後の一周を走り終えたエリオットが、ゴールテープを切るなり砂煙の中から姿を現した。

「白隊の圧勝です！」

ジェロームが興奮気味に叫ぶと、白隊の騎士やアグネス達が喜びに沸いた。

エリオットはついさっきまで走っていたとは思えない、汗ひとつかかない涼しい顔で白隊の本陣へと戻っていく。

「……エリオットって、あんなに脚が速かったのね」

近衛騎士は騎士団の中でも実力者が集まっている。優秀な彼らを置き去りにして圧勝するなんて、知ってはいたけど、女王の夫候補は伊達ではないらしい。

改めてエリオットの凄さを実感するセラフィーナに、アグネスはハーフアップにした赤い髪を片手ではらいながら「当然です」と笑った。

「エリオット様の俊敏さはトップクラス。ルーファス様にだって引けを取りませんわ！」

ルーファスはルーベル国民の中でもとくに身体能力が強い者――亜種返りである。そんな彼に匹敵する俊敏さとは……と考えて、セラフィーナは以前、エリオットに抱えられて移動したときのことを思い出し、げんなりした。

周りの景色が線に見える速さって、いったいどれくらいだろう。気にはなったが心の平穏のために考えないことにした。

「続いては、ムカデ競争です！」

セラフィーナが現実逃避している間に次なる競技が始まったようだ。

演習場に出場する選手が集まっている。その中に、青組隊長ハウエルの姿はなかった。

「ハウエルはどの競技に出るのかしら」

「ハウエル様は玉入れです。まだ少し先ですわね」

セラフィーナの何気ない疑問にすぐさま答えが返ってくる。さすが有能な侍女であると感心しつつ、セラフィーナはゆったりと玉座に背を預けて騎士達の奮闘を観戦するのだった。

隊長が参加しない競技は、一進一退のとても白熱した戦いとなった。上手に騎士の振り分けができているようだ。女王を楽しませるために、そのあたりもきっと細心の注意を払って行っているのだろう。

去年まではこの熱意に気圧されてただただ乞(こ)われるがままに対応していたが、今年はきちんと騎士や裏方の人々を労(ねぎら)おうと思う。

「続きまして、玉入れです！」

セラフィーナが決意を新たにしている間に、とうとうハウエルが出場する玉入れが始まった。演習場には、赤、青、白のボールが無数に散らばっていた。そこへ、背中にカゴを背負った騎士が出てくる。

騎士達は足元に転がる自分の隊のボールを拾って、敵の騎士が背負うカゴに放り込み、その数を競う。

敵の背後にまわらなければならないため、味方が注意をひきつけている間に別働隊が背後にまわるなど、連携が必要となる。

にもかかわらず、他が五人ひとチームに対し、ハウエル率(ひき)いる青隊は彼ひとりきりだった。

「ハウエルの隊はひとりだけなの？」

「隊長ですからね。これくらいのハンデ、軽くあしらっていただかないと」

両腕を組んだアグネスが、ツンと顎(あご)を持ち上げて言った。

なんだか若干(じゃっかん)、トゲがある言い方のように感じる。他国の王子であるハウエルに対し、いまだに不信感があるのだろうか。アグネスの性格を考えるに、期待の裏返しという可能性もある。

判断しあぐねていると、おもむろにアグネスがバルコニーの端へと歩き、片手で拳を、もう一方の手を前に突き出した。

「女王の夫候補たる者！　自らの力のみですべてねじ伏せてしまいなさい！」

気合いの咆哮とでもいうのだろうか。エリオットを応援するときに見せたような甘さなどかけらもない厳しい声音で宣言したかと思えば、セラフィーナの背後でメイドたちが動いた。

『亜種の誇りを見せろ!!』

メイドふたり掛かりで広げられた横断幕に、太く勢いのある文字でそう書いてあった。

……どうやら後者だったらしい。相変わらず言葉と行動が噛み合わないアグネスの応援を受けとった張本人――ハウエルはというと。

「……お、おう」

と、若干染まった頬を指でかきつつうなずいた。

「なにあれ……可愛いんですけど」

思わずセラフィーナがつぶやくと、背後でメイドたちがざわめき出した。

「あぁっ、喜んでいらっしゃるわ、ハウエル様！」

「あの慎ましい感じが可愛らしいですわよね」

「素直に喜ぶのは恥ずかしいけど無下にすることもできない、人の良さが滲み出ていらっしゃるわ」

メイドの品評を盗み聞きながら、セラフィーナはたしかに、とうなずいた。

バルコニーの賑わいをよそに、演習場では玉入れが開始されようとしていた。

「制限時間は六十秒です。よーい……」

ジェロームの声に合わせ、開始を告げる空砲が響いた。

いっせいに走り出した騎士たちに混じって、ハウエルも駆け出す。

「速っ！」

先ほどのエリオットほどではないものの、他の騎士たちが置物に見える速さでハウエルは走った。ボールを集めているのだろう。騎士たちの間を縫うように駆け回り、最後の青玉を拾い終えたハウエルが立ち止まった、そのとき――

「かかれぇ！」

周囲の騎士たちが一斉に襲いかかった。

驚き息をのむセラフィーナのかたわらで、アグネスが「まぁ、そうなりますわよね」とつぶやく。

「五人組を相手にするよりも、孤軍奮闘するハウエル様を狙ったほうが簡単ですもの」

アグネスの言う通り、ハウエルを取り囲んだ六人ほどの騎士がボールを投げつける。あわや大量失点かと観客が覚悟する中、ハウエルは地面を蹴って高く飛び上がった。

唖然と見つめる騎士たちを淡々と見下ろすハウエルは、「あらよっと」というあまりやる気の感じられない掛け声とともに自らが持つボールを放り投げた。今日の空のように青いボールは、いまだ硬直から立ち直れていない騎士たちが背負うカゴの中へ吸い込まれていく。

「しまったぁ！」

我に返った騎士たちが、頭上のハウエルへ向けてボールを投げつけた。が、ハウエルは空中でくるりと回転することでボールを避け、包囲網(ほういもう)の外へ着地した。

すかさず他の騎士たちが取り囲もうと動いたが、そのことごとくをハウエルは返り討(う)ちにしていき、終わってみればひとり勝ちだった。

見事圧勝してみせたハウエルは、勝ち誇るでもなく仲間のもとへと戻っていく。同じ青のたすきをつけた騎士たちはそんな彼を明るく迎え、労(ねぎら)いの言葉をかけながら灰色がかった焦げ茶の髪を乱暴にかき混ぜていた。

もみくちゃにされながらもはにかんで笑うハウエルを見て、セラフィーナはほっと力が抜けた。

「どうやら、ハウエルは騎士たちに受け入れられているようね。安心した」

「当然ですわ。我々が嫌うのは実力に見合わぬ地位を持つものです。ハウエル様はニギール国民ではありますが、亜種の末裔(まつえい)として、陛下の夫候補にふさわしいだけの強さを持っています」

まるで我が事のように胸を張るアグネスに、セラフィーナはなんともほっこりした気持ちになった。

とくに問題もなく競技は進み、とうとう最終種目を残すのみとなった。

「ついにやって参りました本日の最終種目！　障害物競走ぉ――――！」

司会進行役のジェロームが拳を突き上げて宣言すれば、各隊の騎士たちが野太い声を上げた。

「最終種目は隊長同士のガチンコ勝負！　しかも今年の運動会は隊長たちが堅実に出場種目で勝利を収め、それ以外の種目でも一進一退の攻防を繰り広げたために、獲得ポイントは近年まれに見るほど拮抗（きっこう）しております！　つまり、この競技に勝った隊が優勝です！」

騎士だけでなく、観客席からも歓声が上がり、演習場内の熱気は最高潮となっていた。

隊長であるルーファス、エリオット、ハウエルの三人が立つのは、セラフィーナが見守るバルコニーの真下。演習場の端に位置するそこから、まっすぐ向かいの壁までコースは続いていた。

「三人とも、準備はよろしいですか？　この障害物競走の禁止事項はひとつ。障害物を飛び越えないこと。それでは、よーい……」

ジェロームの声に合わせて空砲が鳴り響き、三人は一斉に駆け出した。

「おおっとぉ！　出だしからルーファス隊長がとばしております！　エリオット隊長は食らいついておりますが、ハウエル隊長は出遅れたぁ！」

最終種目というだけあり、ジェロームの実況にも熱が入っていた。騎士たちはそれぞれの隊長へ声援を送り、セラフィーナの周りではアグネスたちがエリオットを応援している。

ひとつ目の障害物は縄網くぐり。最初にたどり着いたルーファスが網を持ち上げて潜り込み、続いてエリオットが網をつかんだ。高く腕を伸ばして作った隙間(すきま)に、長い手足を折り曲げて小さくした身体(からだ)を移動させる。ふたりが腕を持ち上げては移動、持ち上げては移動を繰り返すところへ、遅れてやってきたハウエルが網の下に身を滑り込ませた。

「ななな、なんと⁉」

ジェロームの驚く声と、観客たちの驚嘆(きょうたん)が重なる。

網の下に潜り込んだハウエルは、他のふたりのように座り込んだりせず、身を伏せて地面を這(は)いだした。先行するルーファスとエリオットが高く網を持ち上げていたことでできたわずかな隙間を滑るように進んだのだ。

「ハウエル隊長、これは速い！　あっという間に縄をくぐり抜けて次なる障害物へとむかいます！」

いまだ網につかまるふたりを置いて、ハウエルは駆ける。次に待ち受けるのは、綱渡(つなわた)りだった。

特設の階段を駆け登り、向かい合って設置した高台を渡す綱に足を載せた。高台は建物の二階ほどの高さがあり、綱は人差し指程度の太さしかないというのに、ハウエルはまるで意に介さず小走りで渡っていく。危なげない姿を見ながら、セラフィーナは自分だったらどうなっていただろうと想像して身震いした。

ハウエルが渡りきろうというところで、ルーファスが綱に足をかけた。新たな重みが掛かったことで縄のたわみに変化が起こり、ハウエルはバランスを崩しかけたものの、なんとか踏ん張って終点の高台にたどり着いた。その様子を高台から見ていたエリオットが、にやりと笑ったかと思えば、高く飛び上がった。

障害物を飛び越えるのは禁止されているのに、まさか規則を理解できていないのか——誰もが不安に思ったそのとき、エリオットは高台から少し横、一歩ほど進んだあたりの綱の上に降り立った。

空高くから急降下で着綱した衝撃で、綱は大きくたわみ、ちょうど真ん中を歩いていたルーファスは上空へ振り飛ばされてしまった。

「これはすごい！　エリオット隊長、縄のたわみを活かしてルーファス隊長をはね飛ばしてしまったぁ——！　落下した場合、また最初から綱を渡らなければなりません！」

予期せず縄から飛ばされたルーファスは、落下しながらもなんとか身体のバランスをとり、縄に片手をかけてぶら下がった。その衝撃で縄はたわんだものの、エリオットはタイミングを計って軽く飛ぶことで衝撃を逃し、ぶらさがるルーファスの手をまたいで対岸へむかう。ルーファスもすぐに縄の上に戻ったものの、すでにエリオットは渡りきったところだった。

ルーファスが出遅れる中、ハウエルはすでに第三の障害物に取りかかっていた。人ひとりがすっぽりと入れる布袋に両足をつっこみ、飛び跳ねて移動するというもので、ひとつ飛びできないよう、通路上に天井が特設してあった。両手を精一杯伸ばしても手は届かないが、一般的な家屋の天井よりは低い、という絶妙な高さの天井によって、刻むように低く跳躍して進むしかない。ここではほとんど差は埋まらなかったが、障害物から障害物への移動で三人の距離がわずかに縮まりつつあった。

四番目に待ち受ける障害物は、岩壁壊しだった。走行路上を等間隔で設置された五つの岩壁を、名前の通り壊して進んでいくのだ。

岩壁はルーファスたちの背丈より高く、幅は走行路より少し広い。厚みは彼らの肩幅くらいあった。そんな岩壁を素手で壊せるのか否かよりも、どうやってあんな巨大な岩壁を複数個調達してきたのか、セラフィーナとしてはそちらの方が気になった。

ハウエルが拳を突き出して岩壁に穴を開ける。二発、三発と打ち込んだところで、岩壁がふたつに折れて倒れた。次なる壁も同じように壊し、少しコツをつかんだのか、三つ目の壁は拳二発で割ってしまった。

ハウエルが三つ目の壁に取りかかる頃、エリオットが岩壁までたどり着いた。壁の前に立ち止まったエリオットは、拳ではなく回し蹴りで壁を真っ二つにした。さらに、上下に割れた壁の上部を地面に落ちる前に両手に抱えたかと思えば、次の壁に投げつけて壊してしまった。

「おい、それってありなのかよ⁉」

ハウエルが抗議の声を上げれば、ジェロームが「障害物を飛び越えなければ問題ありません！」と答えた。渋面を浮かべたハウエルは連続回し蹴りを繰り出し、一撃目で四つ目の壁を割り、二撃で砕いた壁の破片を蹴り飛ばして五つ目の壁を破壊した。

「さすがハウエル隊長！　使える技はすぐにものにしております！」

「ちょっと、真似しないでくれるかな？」

エリオットがじと目でにらみつつ瓦礫を壁に向けて蹴り飛ばしたが、ハウエルは「使えるものは遠慮なく使う。規約違反は犯してないぞ」と答えて最後の障害物へ向けて走り出した。エリオットも最後の壁を壊し、残骸をまたいで走り出すぞ、というところで、ルーファスが岩壁にたどり着いた。

岩壁が進路をふさいでいるというのに、ルーファスは速度を緩めない。このままでは真正面から激突してしまうと皆が思ったそのとき、足を踏み切って前へと跳んだ。

「こ、これはっ……ルーファス隊長が跳び蹴りで次々と壁をなぎ倒していく――――！」

ジェロームの言うとおり、ルーファスはたった一撃の跳び蹴りで五枚すべての岩壁を粉々にしてしまった。まるで獲物にむかって一直線に飛ぶ鳥のようだ。

次なる障害物へと走りながらも、器用に後ろをうかがっていたハウエルとエリオットが、ルーファスの暴挙を目の当たりにするなりジェロームへと視線を向けた。見つめられたジェロームは「ありです」と簡潔に答える。

ルーファスの脅威の追い上げにより、順位こそ変わらないが三人の差はずいぶんと縮まった。このままいけば、最後の障害物を前に三人が並びそうだ。

「さあさあっ、面白いことになってきました、これは最後の障害物ですべてが決まりそうです！」

全速力で駆ける三人の前に、巨大な箱形の容器が迫っていた。水を入れれば三人仲良く泳げそうなほど巨大な容器には、大量の小麦粉がはいっていた。

「最後の障害物は捜し物です！　小麦粉をこれでもかと詰め込んだ巨大容器の中に、陛下着用済みのリボンが埋まっております！　なお発見者はもれなくお持ち帰り可能です！」

「えっ、ちょっ、いつの間に私のリボンを……というか、持ち帰り可能ってなに!?」

まさかここで自分の私物が使われると思っていなかったセラフィーナが驚きの声を上げるなか、持ち帰れると聞いた三人は目の色を変えた。

「陛下のリボンと聞いて、三人ともスピードを上げ……そのまま飛び込んだ――――！」

走る勢いそのままに、三人は小麦粉の海の中へ飛び込む。その衝撃で、まるで爆発でも起こったかのように小麦粉が舞い上がり、演習場どころか観客席まで白煙に巻き込まれてしまった。

演習場に居合わせた全員が咳き込む中、徐々に煙が治まっていく。しかし、爆心地ともいえる小麦粉の海は、ルーファスたちがリボンを探して掘り返しているのかいつまでも白く霞み、セラフィーナたちから見えるのは、煙の中必死に動き回る人の輪郭だけ。

いったい、誰がリボンを見つけ出すのか。固唾を呑んで見守っていると、白い煙の向こう側で、誰かが拳を――細長い布を握りしめた拳を突き上げた。


簡単な閉会式の後、優勝した隊には女王より褒美が与えられる。

優勝賞品、それはセラフィーナが手ずから作った、クッキーである。

女王が自らの手でこねてくりぬいて焼き、最後に袋詰めまで行ったクッキー。ルーベル国民にとって、これ以上ない最高の品だった。

　そして、自らの隊を優勝に導いた隊長には、さらに特別な褒美が待っていた。

　演習場を臨めるバルコニーの玉座に腰掛けたまま、セラフィーナはアグネスが支える皿からクッキーを一枚つまんだ。そして、目の前で跪く人物へ向けて、差しだす。

「はい、あーん」

　促されるままに口を開き、セラフィーナがつまむクッキーにかじりついたのは、ハウエルだった。

　最終競技終了とともに閉会式、表彰式と続いたせいでいまだ小麦粉まみれなハウエルは、じっくり味わうようにかみ砕いてから飲み込み、「ん、うまい」とつぶやいた。

　優勝した隊の隊長には、セラフィーナの手でクッキーを食べさせる。これも毎年恒例だった。

　四六時中一緒にいるとはいえ、男性相手に「あーん」するなんてどんな拷問だとセラフィーナは毎年思っていたが、小麦粉まみれでもわかるくらい頬を染めてクッキーを食べるハウエルを見ていると……なんだろう。ときめきが込み上がってくる。

　これまでも毎年行ってきたことなのだが、ルーファスの場合は視線が熱すぎて胸焼けがするし、エリオットの場合は恥ずかしがるセラフィーナをいたぶるように笑っているし、ジェロームはジェロームでいちいち感動を口に出して伝えようとしてくるしで、ただクッキーを食べさせるだけなのにものすごい重労働だった。主に精神面で。

それが今年はどうだ。玉座に座るセラフィーナの足下で跪くのは他の三人と同じ。にもかかわらず、こちらを見上げるハウエルのまなざしに重すぎる愛情も嗜虐心もなく、むしろこの状況に対する戸惑いと、それでいて女王の手で食べさせてもらえるという事実に対する純粋な喜びだけが伝わってくる。

正直に言おう。かわいい。めちゃくちゃかわいい。小さな動物に餌付けしている気分だ。照れて時々視線を外しながらも、もっともらえるんだろうかと期待のこもった目でちらちら覗いてくるのもたまらない。

あぁ、犬とか猫とか飼いたいなぁ。そんなことを考えながら、セラフィーナはハウエルの口元へクッキーを持っていく。

バルコニーの端で控えるルーファスとエリオットが、おどろおどろしい気配を漂わせながらハウエルの背中をにらんでいるのがちらちらと視界の端に映るが気にしない。いっそのこと、毎年ハウエルが優勝だったらいいのに、とセラフィーナが思ってしまったのは内緒だ。

クッキーを食べさせ終わり、今年の運動会も無事終わったと思っていたのに——なぜだかセラフィーナは、バルコニーから演習場に降りていた。しかも、演習場の壁沿いをぐるりと人が取り囲んでいる。取り囲む人々の顔ぶれは、運動会に参加した騎士だけでなく、文官や使用人といった城勤めの人間まで混じっていた。セラフィーナの家庭教師であるおじいちゃん先生ま

でいる。

運動会が開催されていても、城内ではいつも通りやるべき仕事があるはずなのに、どうしてこんなに勢揃いしているのだろう。

戸惑うセラフィーナを置いて、場内は異様な興奮に包まれていた。らんらんと輝くたくさんの目に見つめられて、セラフィーナの心に、いやな予感が込み上がる。

すぐ背後で控えるルーファスたちに、もう部屋に戻りたいと伝えようか。そう考えたとき、横に控えていたジェロームが咳払いをした。

「それではただいまより、女王陛下によります、模範演技を行いたいと思います！」

「模範演技!?　え、ちょっと、どういう……」

模範演技なんてまったくこれっぽっちも聞いていない。セラフィーナは戸惑いの声を漏らしたが、盛り上がる周囲のせいでかき消されてしまった。

状況について行けないセラフィーナを置いて、ジェロームは説明を続ける。

「陛下に挑戦していただきますのは、借り物競走です。この場所からスタートしていただき、少し先に設置してあります机まで移動してください。机の上には、お題を書いた紙が封筒に入れた状態で置いてありますから、内容を確認してお題のものを借りて、きちんと手にした状態で奥のゴールを目指してください」

ジェロームの言うとおり、セラフィーナの視線の先には机とゴールを示す白いテープが見えた。とくに障害物があるわけでもなく、いつかの最弱比べの三段跳びのような難題をふっかけられてはいないらしい。

　密かに胸をなで下ろしつつ、セラフィーナは理解できたか問いかけてくるジェロームに「問題ないわ」と答えた。

「それでは、陛下による模範演技、借り物競走、よーい……」

　ジェロームの声に合わせて空砲が鳴り響き、セラフィーナはドレスの裾をなびかせて走り出した。

「あぁ、陛下。相変わらず鈍くさい……」

「前回の最弱比べの時は居残り組になってしまいましたからね。今回は陛下の勇姿を目に焼き付けないと」

「なんという鈍足……さすが陛下」

　外野から腹立たしいつぶやきがいろいろと聞こえてくるが、無視だ。気にしたら負けである。

　ドレスで走っているのだから、遅くて当然だろうと思うのだが、そういう問題じゃないと返されて終わるだろう。

　机までたどり着いたセラフィーナは、白い封筒からお題を書いた紙を取り出した。ふたつ折りにされた紙を広げ、内容を確認するなり固まった。

　借り物競走のお題は、紙の中央に簡潔に書いてあった。

『一番好感度の高い異性』

　物じゃなく人ではないか！　と心の中でつっこみつつ、セラフィーナは硬直したまま脳内を大回転させた。

　異性、ということは男性を選べということだろう。

　一番好感度が高い、というのは、最も好ましく思っている相手を示すと思われる。

　最も好ましく思っている男性に誰が当てはまるのか、さらに選んだ相手によって周りがどう動くのかも含めて必死に考えた。

　無難に行くなら家族だろう。一番に浮かぶのは父親だが、先代女王がなかなかセラフィーナを授からず、数十人という数の夫を抱えさせられていたため、誰が父親なのか特定は不可能だ。それならばと、七人いる兄からひとり選ぶことにした。その後兄同士で仁義なき戦いが勃発しそうな気もするが、セラフィーナ自身にはさほど被害は及ばないだろう。極悪人と言われようが自分の身が大切だ。

　と、そこまで考えて、セラフィーナは重大な事実に気づいた。七人もいる兄は全員、騎士を率いて他国へ赴任していてここにはいない。だったらもう、何十人といる父親候補の誰かでいいと周りを見渡してみたが、先代女王の夫はひとりもいなかった。

　ここに来て、セラフィーナは正しく状況を理解した。

　これは、はめられたのだ。借り物競走と銘打っておきながら、その実、セラフィーナの好みの異性のあぶりだしだった。

　下手にルーファス、エリオット、ハウエルのどれかを選んだとしよう。その場で正式婚約、最悪結婚だ。手を取って白いテープを切った途端に結婚式場へ連行されてもおかしくない。

しかし、だからといって適当な相手を選んだとしよう。その場合もよくて婚約、遅かれ早かれ結婚は間違いないだろう。それだけでなく、ひとりと結婚したならあとは一緒でしょうとかなんとか言いくるめられて第二、第三の夫をあてがわれる危険性すらある。

だったらコリンはどうだ？　六歳児相手に即結婚とは言わないだろう。しかし、誤解されて少年ばかり集められたらどうしよう。それどころか邪（よこしま）な目で見ているとコリンにおびえられたら……もう生きていけない。

どうする？　どうすればいい!?

セラフィーナは両手で握る紙と周囲を交互に見る。こちらを見つめる男性陣の目がぎらぎらと光っているように感じた。気のせいじゃない。全員グルだ。

紙にしわが寄るほど手に力をこめたセラフィーナは、覚悟を決めて叫んだ。

「お……ぉお……」

「おじいちゃん先生ぇ――――！　一緒に走ってください！」

答えを聞いた周囲がしんと静まりかえった。その様子を見て、セラフィーナは自分の答えが正解だったと確信する。

おじいちゃん先生であれば、間違っても結婚とはならないだろう。似たような条件の男性を集められるという心配もない。そもそも、恋愛としての好感ではなく、尊敬の念からの好感だと誰が見ても明らかだ。

先ほどまでの喧噪（けんそう）が嘘のように、不自然なほど静まりかえった周囲を無視して、セラフィーナはおじいちゃん先生のもとまで走った。そして、しわしわの手を握る。

「ふぉっふぉっふぉっ。私を選ぶとは、陛下も考えましたなぁ」

「やっぱりみんな知っていたんですね。とにかく、一緒に来てください！」

なんて悪趣味なんだろう。これは後でジェロームに釘を刺さなくては。

心に怒りの炎を燃やしながら、セラフィーナはおじいちゃん先生とともにゴールテープを切り、運動会は今度こそ幕を閉じたのだった。


運動会から数日が過ぎた朝。朝食後の紅茶を楽しんでいたセラフィーナのもとへ、コリンが紙の束を持ってきた。

「へいか、今日はめずらしいしんぶんを持ってきました！」

「珍しい、新聞？」

新聞に珍しい、珍しくないなんてあるのだろうか。首を傾げるセラフィーナへ、コリンは手に持つ新聞を渡す。

「こっきょうに近い町ではっこうされているしんぶんなんです。ぎょうしょうにんが持ってこないと、おうとではでまわらないんですよ」

コリンの説明を聞きながら、セラフィーナは新聞を広げ、目を見開いた。

「なんっじゃこりゃあああぁぁぁっ!?」

たまらず悲鳴をあげると、食器を片付けていたアグネスが「はしたないですよ、陛下」とたしなめ、コリンが「ど、どうされましたか、へいか!?」と慌て出す。

涙目のコリンを見て、いつもならすぐに平静を取り戻して慰めるのだが、今回ばかりは「どうかもなにも、大問題よ！」と口調がきつくなってしまった。

　コリンが持ってきた新聞には、運動会についての記事が書いてあった。

　運動会については、王都で出回る新聞でも翌日記事になっており、主に各隊の隊長の活躍について書いてあった。もちろん、セラフィーナがハウエルにクッキーを食べさせる様子や、借り物競走でおじいちゃん先生を指名したことも載っていた。『尊敬する師とともに走る陛下』という見出しとともにおじいちゃん先生と手を繋いで走る絵を見たときは、自分の意図が誤解なく伝わったと安堵したものである。

　しかし、今日コリンが持ってきた新聞には、まったく別の見出しがでかでかと書いてあった。

『女王陛下、まさかの爺専発覚！』

　好感度が一番高い異性におじいちゃん先生を選んだと報じ、それだけでなく、いまだセラフィーナが結婚しないのは爺専――つまりはお年を召した男性しか愛せないからだと書いてあった。しかも、そんな趣向に走ってしまった理由まで勝手に考察というかねつ造してでっち上げていた。

「ちょっと、どうしたの陛下。野太い悲鳴が外まで聞こえてきたよ」

廊下へと続く扉が開き、エリオットとルーファス、ハウエルの三人が部屋へ入ってきた。腹立たしい事情を説明しようと振り向いたセラフィーナは、三人の顔を見るなり叫んだ。

「なな、なによその顔は⁉」

「え？　べつに普通だよ」

「普通じゃないわよ。その髭はなんだって聞いているの！」

びしっと指さした先、エリオットたち三人の顔、鼻の下部分に、昨日まではなかったちょび髭が生えていた。

「べつにおかしくないよねぇ」

「ま、まぁ、たまには髭でも生やして気分を変えてみようと思っただけだな」

「陛下がお年を召した男性を好むと聞きましたので、少しでも近づけたらと」

エリオットはしれっと、ハウエルは頬を染めつつ両手の人差し指で髭をなですりながら、ルーファスにいたってはバカ正直に白状している。

つまりは彼らもセラフィーナが爺専だという記事を読んだのだろう。そして、信じた。

誰よりもセラフィーナの側にいながら、どうしてこんなでっち上げ記事を信じてしまうのか。

セラフィーナは情けなくて頭を抱えた。そんな彼女のドレスの裾をつかみ、「へいか、へいか」とコリンが声をかけてくる。目を合わせると、頬をバラ色に染めて言った。

「ぼくもおひげをつけたほうがいいですか？」

テーブルに突っ伏してしまったのは、仕方がないと思う。

「デマだってわかっていたけどさ、面白そうだから混ざってみたんだ」

悪びれもせずにそう言って、エリオットが口髭を引っぺがす。一晩で立派な口髭が生えるはずがないと思ってはいたが、まさか貼り付けていたとは思わなかった。

「俺はやめておいた方がいいって言ったんだけど……付けなきゃ陛下の側に行かせないってジェロームに言われてさ……」

ハウエルは申し訳なさそうにしゅんと背を丸め、口髭をはがした。

「陛下がどのような趣向であろうと、私はそれを受け入れ、近づくための努力をするだけです」

ルーファスは胸に手を当てて宣言するという安定の女王バカだったため、セラフィーナ自ら口髭を引っぺがしておいた。

「というか、ジェロームがこんなバカなことを言い出したの？」

丸めた口髭をアグネスに渡しながら問いかけると、三人は揃ってうなずいた。

「朝一番に呼び出されたと思ったら、その新聞とともに口髭を渡されたんだよね。わざわざ僕たちの髪色に合わせて作ってあるんだよ。どんだけ暇なんだろうね」

宰相であるジェロームが暇なはずがないのだが、無理を実現できるだけの実力が備わっているのも事実だった。

「才能の無駄使いって、こういうときに使う言葉だと思う」

ハウエルのつぶやきに、部屋にいる全員がうなずいた。

「ジェローム様ったら、まったく懲りていませんのね。ついこの間陛下にしかられたばかりだというのに」

アグネスが頬に手を添えてため息交じりに言った。

ついこの間というのは、運動会の借り物競走のことだ。宰相として、女王となったセラフィーナに伴侶を迎えさせたいと思う気持ちは理解できる。しかしだからといって、借り物競走のような公開処刑はいただけない。悪趣味にもほどがあるだろうとこんこんと説明し、反省を促すためにも王城の端にある塔の一室で謹慎を申しつけた。

セラフィーナの心境としては僻地へ左遷または五年間の傭兵派遣を言い渡したかったのだが、優秀な宰相を王城から出すのはよろしくないと理性が訴えたため、塔に軟禁で我慢したのだ。当然、軟禁中はセラフィーナと会うことは叶わない。

謹慎期間は昨日で終了し、今日から普段の生活に戻っているはずだ。

「…………ジェロームを呼んでちょうだい」

渋々指示を出すと、突然扉が勢いよく開いた。

「陛下！　あなたの忠実なる僕、ジェロームがふぅっ！」

飛び込んできたジェロームの顔面に、アグネスの鞭が容赦なく炸裂した。身構える暇もなく真正面から受け止めてしまい、地面に力なく倒れ込むと、すかさず部屋の隅に待機していたメイドたちが縄でふん縛った。

「さ、陛下。準備が終わりました」

胸のあたりから足首まで、縄でぐるぐる巻きにされて転がるジェロームの背中を、アグネスがヒールで踏みつけつつどうぞと促す。指示も打ち合わせもしていないにもかかわらず、見事な連携を見せたアグネスとメイドたちに、セラフィーナは「あ、ありがとう」とひき気味にお礼を言った。

セラフィーナが近づくと、意識を取り戻したのか、ジェロームが身じろいで顔を上げた。眼鏡がひしゃげ、顔の中央に赤い線がくっきり浮きでている。

「おはよう、ジェローム。謹慎が解けたとたん、こんな愉快なことを行うなんて、きちんと反省できていなかったのかしら?」

反省できていないなら僻地へ飛ばすぞ、という脅しを言外にこめて問いかけると、「猛省いたしております!」といういいお返事をもらった。

「あら、だったらこれはなにかしら」

たおやかに微笑みながら、強烈な一撃のせいでとれ掛かっている口髭をはがし、眉間に貼り付け直した。即席一本眉のできあがりである。

「陛下が豊かな髭を蓄えた男性を好ましく思っていると聞きましたので、試しに口髭から始めてみようかと」

「まさか、あのでっち上げ記事を信じたとか言わないわよねぇ?」

問いかけるセラフィーナの背後で、アグネスが鞭をしならせて炸裂音を響かせた。

「いえっ、そのようなことはございません! 借り物競走で先生を選んだのは、恋愛ではなく敬愛からだと理解しております。ただですね、髭というものはある意味男らしさの象徴ともいえますので、もしかしたら我々を異性として認識するいい機会になるかもしれない、と思いまして……」

「……そんなことをしなくても、私はきちんとあなたたちを異性と認識しているわよ」

ため息交じりに答えると、ジェロームの目が輝く。しかし、続けて「まぁ恋愛的な意味では認識していないけど」と告げたため、顔を床に突っ伏してしまった。

必死すぎないかと思ったが、セラフィーナの結婚は次代の女王の確保のために必要なことだ。宰相として仕方がないかと肩を落とした。

「今日のところはもういいわ。いつまでも婚約者すら選ばない私にも非があるもの。それよりも、この記事が問題よ。他の記事にも思うところはあるけれど、女王への重すぎる愛が暴走した結果だとなんとなくわかるから何も言わないの。でも、この記事からは悪意しか見えてこない。いくら私が寛大でも、さすがにこれは許せないわ」

国境に近い町の新聞社とコリンは言っていたが、いったいなんという新聞社なのだろう。セラフィーナは新聞を広げて社名を確認した。

「アルヴァ新聞社……聞いたことがないわね」

セラフィーナは新聞社の取材を何度となく受けたことがあるが、アルヴァ新聞社というのは聞いたことがなかった。

「一年ほど前から不定期に新聞を発行し始めた新興会社です。記事の内容は陛下のことばかり。

不定期発行なのは、王都で取材してから町へ戻って発行しているからでしょうね」

　縄から解放されたジェロームが、ひしゃげてしまった眼鏡を手で直しながら説明を始めた。

「活動拠点である町では王都の新聞は出回っていませんから、人気があるみたいですよ」

「ええ!?　じゃあ、アルヴァ新聞が出回っている地域では、私が爺専だって信じているってこと?」

「……おそらくは」と、直した眼鏡をかけ直しながら答えた。

「信じられない！　いくらなんでもそれはひどいわ。アルヴァ新聞社へ正式な抗議文を送りましょう！　訂正記事を書いてもらわないと」

　新聞を握りしめて宣言すると、ジェロームは制止するどころか「それはいいですね」とうなずいた。

「是非とも、陛下自ら赴いて、直接抗議してきてください」

「えぇっ、直接!?　いくらなんでも、それはやりすぎなんじゃないかしら」

　セラフィーナ自ら動いて抗議などすれば、アルヴァ新聞社は女王の反感を買ったと周りが認識する可能性がある。そうなれば、ルーベルでまともな商売ができなくなるだろう。

「アルヴァ新聞社は独自の解釈で独創的な記事を書くので必ず拝読しているのですが、少し気になる点があるんですよ。是非一度、ルーファスたちの目で確かめてほしいのです」

「確かめるって、なにを?」とエリオットが問いかけても、ジェロームは「行けばわかります」とはぐらかす。

「もしも私の考えが当たっているのなら、将来的に自滅するだけだと思いますけどね」

意味深につぶやいて、にやりと笑う。なぜだろう、その笑顔を見たセラフィーナの背筋に、悪寒(おかん)が走った。

アルヴァ新聞社が活動拠点としている町は、マローナという国との国境付近に存在し、交易の中継地点として周辺地域で一番栄えていた。また、他国へ派遣される騎士が一休みするための宿舎がある。今回、セラフィーナは宿舎に身を寄せることになっていた。

王都から国境の町まで、馬車を使えば数日かかるらしいが、巨鳥のきーちゃんに乗れば半日で移動できてしまう。

お忍びで町へむかいたかったため、夜のうちに移動することになった。太陽が地面に身を隠し、青い膜(まく)が張ったような夕と夜の狭間(はざま)の時間、王城の中庭にきーちゃんがお行儀(ぎょうぎ)よく翼をたたんで立っていた。鷲(わし)に似たくちばしはセラフィーナの頭をくわえられそうなほど大きく、冬毛に生え替わったからか、胸元の白い羽根がふんわりと量を増して大きく胸を反らしているように見えた。

そんなゴージャス冬仕様のきーちゃんの足下には、セラフィーナを運ぶための鳥かごが置いてあった。夜の移動ということで、鳥かごには、ソファではなくクッションと毛布が敷き詰めてあった。ゆっくりぬくぬく眠れそうではあるが、毛布の中で丸まる猫がセラフィーナの頭に浮かんだ。

いやしかし、移動している間ずっと起きていては目的地に着いてから満足に動けなくなる。背に腹はかえられないと自分を納得させていたら、ふと、懸念が生まれた。

「ねえ、私がきーちゃんで移動する間、エリオットたちはどうするの？」

セラフィーナが移動するのだから、当然、ルーファスたち護衛も一緒に行動する。ルーファスは不測の事態に対応できるよう、きーちゃんの背中にまたがるのはわかっている。では、エリオットやハウエル、アグネスはどうするのだろう。

「もちろん、走って移動するよ」

なにわかりきったこと聞いているの？　とばかりにエリオットが答えた。

「いや、だって、夜の間に移動するのよ。走っていたら眠れないじゃない」

せっかく町に着いても、ルーファスたち護衛が全員動けなくなれば、セラフィーナもやはり動けない。せめて、ルーファス以外の三人は昼間のうちに移動してくれればよかったのに。

セラフィーナの考えを読んだのか、エリオットは鼻で笑った。

「たかだか一日徹夜したくらいで動けなくなるわけないじゃない。一週間は寝ないで過ごせるよ」

「えっ、一週間!?」とセラフィーナは驚いたが、ルーファスやアグネスも当然とばかりにうなずいた。

セラフィーナだったら二日徹夜できるかどうかだ。やはり、自分は脆弱過ぎるのかとハウエルを見れば、彼はあきれ顔で首を横に振った。

「俺も一週間くらい余裕で起きていられるけど、普通の人間には無理だよ。どんなに訓練した騎士でも、三日も徹夜すれば精神か身体、どちらかに支障をきたすだろうね」

常識人であるハウエルの解説を聞いて、セラフィーナは自分が極端な脆弱ではないと安堵(あんど)した。

「三日で支障がでるなんて、他国の人間って本当にひ弱だよね。ま、だからこそ僕たちルーベル人が守っているんだけど」

エリオットが言う他国を守るとは、ルーベルを支える傭兵(ようへい)産業のことだ。

国民性と曇天(どんてん)ばかりの天候のせいでこれといった特産物がないルーベルは、物の代わりに人を流通させることで外貨を得ていた。

ルーベルの屈強な騎士を、傭兵として他国へ派遣しているのだ。ルーベル国民は女王にしか興味がないため領地侵略の心配はなく、かつ、弱い者は守るべきと考えているため他国民へ危害を加えることもない。他国の依頼を受けて派遣された騎士たちは、なかなか手が回らない郊外の治安維持に貢献していた。

目的地である町の近くで、ルーベルと国境を共有する国――マローナにも、もちろんルーベルの騎士が派遣されている。たしか、セラフィーナの一番上の兄が率(ひき)いていたはずだ。

太陽が地中から顔を出す前に目的地周辺にたどり着いたセラフィーナたちは、きーちゃんを目撃されないよう近くの森へ降り立つことにした。きーちゃんにはこのまま鳥かごと一緒に森で隠れていてもらい、セラフィーナたちは徒歩で町を目指す。しかし、いくら目的地周辺といえども、セラフィーナの足でたどりつける距離ではない。当然のことながら、セラフィーナはルーファスに抱っこされての移動だった。

「……ルーファス、ぴょんぴょん飛んではだめよ」

以前、ルーファスの抱っこで移動した際、家も塀も森もなにかも飛び越えて移動したのだ。おかげで、セラフィーナは意識を保っていられなかった。

「周りの景色が線に見えるくらい速く走るのもだめだからね」

「ご安心ください、陛下。ゆっくり走って移動できるよう、時間には余裕を持たせておりますから」

吐息が掛かりそうなくらい近くで、ルーファスが優しく言い聞かせてくる。だが、セラフィーナはいまいち信用できない。疑いの眼差しをぶつけていると、ルーファスの肩越しに、エリオットが顔を覗かせた。

「安心してよ、陛下。いつもみたいに移動して、陛下がギャーギャー叫んじゃったらすぐに正体がばれちゃうもの。それじゃあお忍びにならないでしょう」

「好きで叫んでいるんじゃありません」

セラフィーナは頬を膨らませて抗議した。

「まぁまぁ陛下、子供のようにへそを曲げたりしないでください。町へたどり着くのは朝日が昇りきった頃の予定です。まだまだ時間がありますから、陛下はもうひと眠りしてはどうですか」

まるで聞き分けの悪い子供を相手にするみたいにアグネスが言い、大きなストールでルーファスごとセラフィーナを包んだ。ルーファスの首もとから顔をわずかに覗かせる以外、すべてストールに包まれている。赤ん坊のようで気恥ずかしいが、ふたり分の体温のおかげで温かく、とても居心地がよかった。

我慢できずあくびをこぼすセラフィーナに、ルーファスは柔らかく微笑(ほほえ)んだ。

「お休みなさいませ、陛下。町へ着いたら、朝食にいたしましょうね」

町の食堂で食べる朝食か。なんて魅力的な提案だろう。そんなことを思っている間に、セラフィーナは眠りの世界へ旅立ったのだった。

交易拠点というだけあり、国境の町は街道を挟むように栄えていた。街道沿いを、背の高い建造物が挟み、街道から離れていくほどに建物の背が低くなっていくのが印象的だった。

騎士の宿舎は国境側の町の外れに存在していた。砂色のレンガ造りの四角い形をした宿舎は、一軍を収容できるよう、町のどの建造物よりも巨大だった。

セラフィーナは宿舎の最上階から町を見下ろしていた。最上階は指揮官用——つまりは王族が使うための階層らしく、寝室や応接間、食堂に執務室、さらには謁見(えっけん)の間など、主要な設備が揃(そろ)っていた。とはいえ騎士団が所有する建造物のため、あまり華美な内装はしていない。セラフィーナがいる執務室も、執務机と本棚があるだけで装飾品の類がない、質実剛健という言葉が似合う部屋だった。

ふいに響いたノックの音に返事をすれば、アグネスが部屋に入ってきた。

「陛下、アルヴァ新聞社の責任者が来ました。謁見の間に通してあります」

アルヴァ新聞社への抗議は、セラフィーナが会社へ出向くのではなく、責任者を宿舎に呼びつけて行うことになった。ルーベル国民はど田舎であろうと僻地だろうと、女王が目の前を通れば本能でわかってしまうそうだ。下手に町を歩けば騒ぎになるだろうし、注目されている状態でアルヴァ新聞社に抗議をすれば、女王の不興を買った新聞社と周りが認識するかもしれない。

きちんと抗議はしたいが、営業妨害をするつもりはない。そんな葛藤の末の折衷案が、宿舎に呼びつけての抗議だった。

新聞社の責任者へなにをどう伝えるのか、頭の中で何度も繰り返して確認したセラフィーナは、両手の拳を握りしめてよしと気合いを入れた。

「気合いを入れすぎると、から回っちゃうよ。もっと気楽に構えなって」

「そうだよ、陛下。今回の抗議は間違ったことじゃない。全くのでたらめをまことしやかに書かれたんだ。訂正記事の掲載は当然の主張だよ」

エリオットだけでなく、他国の王子ゆえに常識人なハウエルにまで励まされ、セラフィーナの不安がほどける。こわばっていた表情をいくらか緩めた彼女の目の前に、ルーファスが手を差しだした。

「陛下に心穏やかに暮らしていただくことこそが、我々の喜び。さぁ、憂いを晴らしに行きましょう」

相変わらず女王命なルーファスの言葉に、セラフィーナは改めて責任ある言動を心がけようと決意しながら、その手を取ったのだった。


宿舎の謁見の間はこぢんまりとしていた。せいぜい、一隊が収まるかどうかという広さだ。正面入り口から最奥に位置する玉座も一段高くなっているだけで、代わりにビロードの天蓋が掛かっていた。

先導するように歩いていたエリオットとハウエルが玉座の正面、一段下がったところに並び、セラフィーナを玉座まで案内したルーファスは、そのまま斜め前に立った。

玉座に腰掛けたセラフィーナは、エリオットたちからさらに向こう、少し離れた正面に膝をついて頭を垂れる男性を認めた。

「顔を上げよ」

ルーファスが抑揚のない声で告げる。顔を上げた男は、日に焼けた肌に太い眉、大きな身体を無理矢理覆い隠しているのか窮屈そうに服を着ていた。文筆業というより、樵や猟師、失礼かもしれないが山賊にしか見えない。

想像とまったく違う人物の登場に面食らってしまったが、とりあえずセラフィーナは、当初の予定通り斜め前に寄りそうルーファスへ視線を送った。うなずいた彼は、アルヴァ新聞社の責任者へ向けて言った。

「忙しい中での訪問、感謝する。此度そなたを呼び出したのは他でもない。つい先日アルヴァ新聞社が掲載した記事についてだ」

女王であるセラフィーナがこういった場で直接声をかけることはない。王城であれば宰相であるジェロームが、彼がいないいまはルーファスが女王に代わって言葉を交わすのだ。

「運動会についての記事だが、そこには陛下が爺専であると書いてあった。事実無根であるゆえ、即刻訂正記事を書いてもらいたい」

セラフィーナの希望であるはずなのに、改まった口調で言われるといたたまれない気持ちになるのはなぜだろう。もうさっさと話を終わらせてしまおう。そう思っていたのに、責任者の男の返答は、まさかの「お断りします」だった。

考えもしない答えに、セラフィーナだけでなくルーファスたちも驚いているようだった。不穏な空気がわずかに流れる中、責任者の男は臆することなく朗々と語った。

「この国には、報道の自由が保証されているはずです。であれば、我々がどんな記事を書こうと国に止める権利はありません」

「……確かにその通りだが、認めているのは真実を報道する権利だ。嘘の情報を流して特定の人物を誹謗中傷することは人道的にも許されない」

「我々が書いたのは真実に基づいた憶測です。陛下が借り物競走であの男性を選んだのは事実。

ですが、どういった意図であの方を選んだのか、陛下は明言しておりません。つまり、他の新聞社が敬愛だと憶測して報道したように、我々は恋愛と憶測して記事を書いただけです。どうして我々だけ抗議されなければならないのですか」

「他ならぬ陛下本人が違うとおっしゃられている」

「だったらご自分で訂正すればいいでしょう。まぁどうせ、訂正したところで国民は興味なんて持たないと思いますけどね」

「……どういう意味だ？」と、ルーファスの声が一段下がった。ルーファスだけではない。エリオットやアグネスに加え、一番理性的なハウエルまで物騒な空気を醸（かも）し出している。

しかし、それらをものともせず、責任者の男は答えた。

「読者は真実なんて必要としていないんです。ただ単に、面白い内容であればいいんですよ。実際、女王の失敗を面白おかしく脚色して書いた記事の方が、受けがいいですから」

セラフィーナは唇を噛（か）んだ。責任者の男の話は、哀しいことに否定できない。ルーベル国民は女王の脆弱さを愛（め）でることを喜びとしている。どれだけ脚色しているのかわからないが、セラフィーナの失敗談など大受けだったことだろう。

セラフィーナの悶々（もんもん）とした気持ちを察したらしいルーファスが、さらに言葉を続けようとした、そのとき。

「わかった、もういいよ」

ずっと黙っていたエリオットが口を開いた。いつもの意地の悪い笑みを消した、美しさの際（きわ）

立つ無表情で、責任者の男を見下ろす。

「君の好きに書けばいい。僕たちはただ、抗議がしたかっただけだ。それを受けてどう行動するのか、決める権利が君たちにはある。せいぜい頑張って」

言うだけ言って、振り返ったエリオットは「さ、戻ろう」とセラフィーナたちに告げた。ルーファスやハウエルには彼がなにを意図して話を切り上げたのかがわかるのか、素直に従った。セラフィーナは納得できていなかったが、ルーファスに促されるままに謁見の間を後にした。

廊下を出て、執務室へと戻る途中、エリオットが言った。

「大丈夫だよ、陛下。僕たちルーベル国民はね、女王を愛しこそすれ、面白がったりなんてしないから」

「まぁ、愛し方がちょっとあれだけどな。でも、陛下だってそのあたりはきちんと理解しているだろう」

続くハウエルの言葉に、セラフィーナがなにも言えないでいると、ルーファスが繋ぐ手に力をこめた。

視線を向けても、ルーファスはなにも言わなかった。ただ、優しく笑うだけ。それだけで、胸にくすぶる不安が溶ける気がした。

『女王陛下、表現の自由を弾圧！』

　翌朝、アルヴァ新聞社が発行した新聞の一面だ。

　内容は、アルヴァ新聞社が報道した記事についてセラフィーナが不当な抗議を行ったこと、同じような内容の記事を他社も書いているというのに、アルヴァ新聞社だけが注意されるのは、国民に見せたくない不都合な真実を報道しているからではないか、というものだった。

　やっと実権を握ったセラフィーナが、長い女王の不在によって分散してしまった権力を手に入れようと、弾圧政治を始めようとしている、とも書かれていた。

　そこまではいい。いや、事実無根なことばかりで腹立たしいけれども、セラフィーナが女王として実権を取り戻そうと努力しているのは事実だ。ただ、権力欲とかではなく、国民の女王愛が暴走して他国へ迷惑をかけないために、亜種の手綱(たづな)をきちんと握ろうと奮闘しているだけに過ぎない。

　許せないのは、その後に続く記事だ。

　アルヴァ新聞社は、セラフィーナが無類の男好きで、今回抗議に訪れたときも護衛と称して美しい男たちを複数人侍(はべ)らせていたと書いた。この時点で許しがたいのだが、さらに話は、セラフィーナがなぜ男好きになったのかというあさっての考察から歴代女王が複数の夫を抱えていたこと、そして、セラフィーナの母親が無類の男好きであったと報道した。

『数十人の男を抱え、淫欲(いんよく)の限りを尽くした放蕩(ほうとう)女王』

　わざわざ文字を大きくしてまで強調された文言に、セラフィーナの目の前が赤く染まる。

「私のお母様はっ、放蕩女王なんかじゃないわ！」

叫んで、セラフィーナは握りしめた新聞をテーブルにたたきつけた。朝食後のお茶をいただいていたため茶器が並んでいたが、気を配ってなどいられない。茶器が倒れてテーブルに茶色い染みが拡がろうとも、床に落ちた皿が割れても、まったく目に入らなかった。

「お母様は、女王としての責務をまっとうしただけよ！　次代の女王を、私を産むために……命を懸けて、くださったのに……」

好きで何十人も夫を抱えたわけではない。もしかしたら、誰か愛する人がいたかもしれないのに。その人とだけ愛し合っていたかったかもしれないのに。それでも、国のために、民のために、先代女王は次々に用意される夫を受け入れたのだ。

セラフィーナには母との記憶はまったくないけれど、ちゃんと理解している。自分の母親は、ただひとりの人と愛し愛される結婚がしたいと世迷い言をのたまうセラフィーナではとうてい及ばない、女王の中の女王だったと。

「陛下」

怒りのあまり周りが見えなくなっていたセラフィーナに、声がかけられる。場にそぐわない穏やかな声のおかげが、我に返ったセラフィーナが顔を上げようとしたそのとき、温もりが全身を包んだ。

セラフィーナの視界を埋め尽くすのは赤。視線をあげれば、ルーファスに抱きしめられていた。

「大丈夫です、陛下。我々は、先代女王がどれだけ高潔な方であったか理解しております。ですから陛下は、もっと怒ってよいのです。泣いたって、よいのですよ」

記事がでたらめであると、きちんと理解してくれる人がいるという安堵(あんど)と、こんな記事を書かせてしまった悔(くや)しさ、情けなさ、様々な感情が渦(うず)巻(ま)いて、セラフィーナはルーファスの胸元に顔を埋めて泣いた。こんなことで泣きたくはないのに、涙を止められないから、せめて声を殺してすすり泣く。

込み上がるものをせき止めることなくはき出したからだろうか、やっと落ち着いたセラフィーナは「ありがと、もう大丈夫」と言ってルーファスから身を離した。赤い鼻をすすりつつ目元の涙をぬぐって、改めて周りを見れば、たたきつけた新聞によって無残な姿になったテーブルが映った。

「せっかく用意してくれたのに……ごめんなさい」

セラフィーナに食べてもらえると、宿舎の料理人が張り切って作ってくれたパンプキンプリンもつぶれてしまっている。

落ち込んでいると、誰かに手を取られた。振り向けば、しゅんと肩を落としたエリオットが、手の甲の王華(おうか)を親指の腹で撫(な)でながら言った。

「陛下、ごめん」

いつも楽しそうに、皮肉気に笑っていた顔をゆがめ、まるで痛みをこらえるように目をすがめてこちらを見つめていた。

「僕の見通しが甘かった。まさかここまでおろかだったとは……。でも、信じてほしい。僕たちルーベル国民は、女王を敬い、愛しているんだ。僕たちの愛し方が独特だってことも、そのせいで先代女王が大変な苦労をされたこともわかっている。だからこそ、そんな僕たちを見捨てず慈しんでくれる陛下を、女王を、僕たちは敬愛するんだよ」

祈りを捧げるように、エリオットはセラフィーナの手を持ち上げて王華を自らの額に当てた。もう一度つぶやかれた「信じて」という言葉が、セラフィーナの胸に刺さる。

最低な記事は腹立たしいが、大切なことを忘れてはいけない。

「信じてる。ちゃんと、信じてるよ。みんなが私を、歴代の女王を愛し尽くしているって」

毅然とした声で答えて、エリオットの手を握り返した。

冷静になったところで、どうやってアルヴァ新聞社に報いを受けてもらおうかとセラフィーナは考え始めた。

落ち着いたからといって、怒りが収まったわけではない。むしろ押し込めた分、胸の奥でどろどろと煮えたぎっていた。

台無しとなってしまったお茶会を仕切り直して、セラフィーナは改めて食後のお茶を味わう。パンプキンプリンを口に運んだセラフィーナは、カボチャの香りと甘み、そしてプリンとはまた違う舌触りを楽しみつつ、逡巡する。

ここでへたにセラフィーナが動いたところで、向こうはまた言論統制だなんだと言ってわめくだけだろう。だからといって、周りからじわじわと圧力をかけるというのも、それこそ弾圧になりかねない。

　セラフィーナはアルヴァ新聞社に反省してほしいのだ。破滅を望んでいるわけではない。

　さて、どうしたものか。首を傾(かし)げて悩むセラフィーナへ、同じようにパンプキンプリンを楽しんでいたエリオットが「心配ないよ」と答えた。

「陛下がわざわざなにかしなくとも、いまごろ、アルヴァ新聞社は大変なことになっていると思うよ」

　いったいどういうことなのか、セラフィーナには見当もつかない。

「おい、大事にならないだろうな」

　エリオットの隣に座るハウエルが、険しい表情で詰め寄った。視線を向けたエリオットは「へぇ」と暗く笑った。

「なってもおかしくないって、ちゃんとわかっているんだね。ちょっと見直したよ」

「当たり前だろう。俺だって亜種なんだよ。それよりも、なにも手を打たなくて大丈夫なのか?」

「大丈夫。下手(へた)なことが起こらないよう騎士を派遣してある。それに、亜種は基本的に争いごとは好まない。というか、争うほどなにかに執着することがない。つまり、必要な処置をとればあとは放置になると思うよ」

　亜種が興味を示すのは女王だけ。だからこそ、他国へ傭兵(ようへい)として派遣できる。

そこまで考えて、セラフィーナはやっと気づいた。女王を侮辱されたと感じた人達が、アルヴァ新聞社へなにかしら危害を加えるかもしれない。

「陛下、ご安心ください。先ほどエリオットが申しましたとおり、アルヴァ新聞社に騎士を派遣して護衛を行わせております。直接的な危害は加えられないでしょう」

なんだろう。ルーファスの説明にわずかな引っかかりを覚えたが、とりあえずけが人が出る心配はなさそうだ。セラフィーナは少し安堵しながら、アグネスが淹れたお茶を口にしたのだった。


事態が動いたのは、その日の夜だった。

夕食を終え、今後の予定を執務室で相談していたときだ。

「……ねぇ、なんだか外が騒がしい気がするの」

セラフィーナが使う執務机の背後、街道を見下ろせる窓から、なにやら男性のわめき声が聞こえる気がしたのだ。

「気のせいじゃない」

「そうですね、気のせいですわ」

「気のせい、だと、思うぞ?」

「陛下が気にする必要はありませんね」

アグネス、ハウエルの順で、気のせいだと口をそろえるなか、ルーファスだけ意味合いが違った。騒がしいのは事実だが、セラフィーナが気にかける必要はない、ということだ。

椅子から立ち上がり、セラフィーナは窓から街道を見下ろす。背後で舌打ちが聞こえた。振り返らずともわかる。エリオットだ。

町の端ということもあり、馬車が往来できる広さの街道には灯りなどなく、人影もほとんどなかった。しかし、宿舎の出入り口前で、見張りの騎士と誰かがもめているようだった。

このタイミングで騎士ともめそうな人物、と考えて、すぐにとある顔が浮かんだ。

「……もしかして、アルヴァ新聞社の？」とセラフィーナがつぶやくと、背後でエリオットが「あ～あ」とこぼした。

「気づかれちゃったじゃん。ルーファスのせいだよ」

「気づかれたとして、あれの対応をわざわざ陛下が行う義理も意味もない」

「それがわかっているなら、どうして気づかせるんだ。俺たちだけで対応すればいいだろう」

ハウエルが珍しくルーファスに噛みついた。しかし、すぐに挑発しにかかるエリオットと違い、ルーファスは冷静に答えた。

「我々が勝手に対応しては、陛下の憂いが晴れないだろう。女王を侮辱した痴れ者に、我々亜種がどのような報復をするのか、きちんと陛下に見ていただかないと」

「報復!?　報復って、いったい何をしたの!?」

セラフィーナのもとへ殴り込みに来るのだ。よほどのことが起こったに違いない。慌てるセラフィーナに、エリオットはそれはそれはいやそうな顔で「心配ないよ」と答えた。

「アルヴァ新聞社へ派遣した騎士から、とくに誰も危害を加えに来なかったと報告を受けてる。なにがあったのか知らないけれど、アルヴァ新聞社がどうしてあんな記事を書けたのか、みんなわかっているから、淡々と必要な対処を行っているだけだよ。ちゃんと後先考えて動かなかった向こうの自滅だね」

腕を組んだエリオットは、知らないとばかりにそっぽを向いた。それを見たハウエルがため息とともに苦笑する。

「まぁでも、このまま放っておくのは見張りの騎士がかわいそうだな」

「では、我々で対応しよう。宿舎に入ってもらって、陛下には別室で話だけ聞いてもらえばいい」

ルーファスの提案に、エリオットが「なるほど、それはいい案だね」と口の端をつり上げた。童話の悪い魔女も裸足(はだし)で逃げ出しそうな暗い笑みだった。


セラフィーナそっちのけで話がまとまったらしく、地下へ移動することになった。もしや地下牢(ちかろう)に放り込むつもりかと焦ったが、階段を降りきった先の廊下(ろうか)は清掃が行き渡っており、かつ、十分な照明のおかげで見通しがいい。

宿舎中央の階段から左右に伸びる廊下には、小さな部屋ばかりなのか廊下を挟むように扉がいくつも並んでいた。そのうちの一室にセラフィーナは通される。

外からの印象通り小さな部屋は、地下ゆえに窓はひとつもないものの、くつろぐためのソフアやテーブルがあったり、飾り棚には花が生けてあるなど、居心地の良さそうな部屋だった。

「陛下はアグネスと一緒にここで待っていてね。なにが起ころうと絶対に声を出してはだめだよ」

まるでこれからなにか起きます、と言わんばかりのエリオットの言葉に、セラフィーナはハウエルへと視線を合わせる。目が合った彼は心配ないとばかりに片手を振って苦笑いをした。

「あなたたちにも、相手にも、危険なことはしないでね」

三人の中で一番穏健なハウエルがいるなら滅多なことはないだろうが、万が一を起こさないためにも釘を刺す。エリオットはいやがるどころか「僕たちの心配までするなんて、陛下は本当に優しいね」と、はにかんだ。

エリオットがこういう素直な表情をするのは珍しい。たいてい、不敵に笑っているか暗く笑っているか心底バカにして笑っているかのどれかである。

天使もかくやと謳われる美貌の青年が浮かべる照れ笑いは眼福以外の何物でもない。いつもこんな表情を浮かべていてくれたらいいのに、とセラフィーナが思った、そのとき。

「それじゃあ、愚か者をつるし上げに行こうか」

明るい声音の宣言とは正反対の、どす黒～い笑みに塗り変わった。三日月のように口の端がつり上がり、細めた瞳の奥は闇を湛えている。好奇心で瞳をのぞき込んだら最後、引きずり込まれそうな暗さだった。

あまりの落差に、悪寒に襲われたセラフィーナは両腕をなでさすった。慣れている自分でもこれなのだ。さすがのアグネスも千年の恋が冷めてしまうのではないか、とうかがってみると――頬を染めて見惚れていた。

好みは人それぞれだと知っているが、これはさすがに理解できそうになかった。


アグネスが用意してくれたお茶を味わっていると、扉を開く音が響いた。エリオットたちが戻ってきたのかと視線を向けたが、扉は閉じたままだった。

空耳にしてはしっかり聞こえた。不思議に思っていたら、今度は数人の足音が聞こえてきた。

『おい、どうして女王陛下がいない』

声が聞こえてきて、セラフィーナは身をこわばらせた。そんな彼女へ、アグネスは口元に人差し指を立てて首を横に振る。音を立てるな、ということだろう。

『陛下がわざわざ君と会うわけがないだろう』

今度はエリオットの声だ。どうやら、隣の部屋から聞こえているらしい。少しくぐもっているとはいえ、これだけ明瞭に聞こえるなんて、どれだけ薄い壁なのかとあさっての方向に感心してしまった。

『俺は抗議に来たんだ！　陛下に会わせろ！』

男の怒声が響く。状況から考えて、アルヴァ新聞社の責任者だろう。

『陛下に聞かせる価値のあるものかどうか、僕たちが判断する。わかっていないようだから教えてあげるけど、本来、陛下は君のような人間が拝謁できる相手ではないんだ。それをわざわざ、陛下御自ら町まで赴き、直接抗議した。君たちが面白おかしく書いた記事に、陛下がどれほど御心を傷つけられたか、普通ならすぐに気づくはずなんだけど』

『それで、訂正記事を載せなかったから圧力をかけたっていうのか？　こっちは新聞を取り扱ってくれていた提携先から取引終了を言い渡されたんだぞ！　それだけじゃない。事務所の大家も出て行ってくれと言い出した。お前たちが手を回したんだろう！』

　初めて知る事実に、セラフィーナは目を丸くした。新聞が売れないと商売にならないのに、商店が取り扱ってくれなければどうしようもない。

　なにもするなと伝えたはずなのに、とアグネスを見やれば、彼女は首を横に振った。なにもしていないという意味だろう。

『僕たちは誓ってなにもしていないよ。陛下が望むのは不適切な記事の訂正であって、君たちの破滅じゃないからね。その証拠に、今朝の新聞までは取り扱ってくれたんじゃない？』

　エリオットの言うとおり、今朝の新聞はセラフィーナたちのもとへ数部届いていた。買ってきたと聞いているので、店に並んでいたのだろう。

『訂正記事を書かなかったから圧力をかけたんだろう！』

『だからぁ、かけてないっていってるじゃない。そんな必要もないしね』

『本当にわかっていないんだな』

『ルーベル国民でないとはいえ、この国で暮らすために最低限の知識は有していると思うのだが』

エリオットに続いて、ずっと黙っていたハウエルとルーファスが口を開いた。本当に不思議に思っているのがふたりの声から伝わってくる。

『なっ、なにを言っている。俺はルーベル国民だ！』

『あれぇ〜？　ここでそんなくだらない嘘をつくの？』

エリオットが弾んだ声で言った。見なくてもわかる。さぞかし性格の悪い笑みを浮かべていることだろう。

『くだらない嘘はよせ。ルーベルは自国の民でないからといって差別などしない』

『弱いものいじめはしないからね』

『亜種の末裔であるルーベル国民は、女王にしか興味をもたないんだ。他国の人間がいようがいまいが気にしない。だからあんたがどこの国の出身だろうと、ルーベル国民は態度をかえないだろう』

ハウエルの丁寧な説明を聞いて、責任者の男は『だ、だったら……』と震える声で言った。

『どうして、この町の奴らは俺たちを追い出そうとするんだ』

『ルーベル国民が唯一関心を向けるもの——女王を侮辱したからだ』

ハウエルの答えを聞いて、責任者の男が息を呑むのが伝わった。

『君は言ったね。女王のことを面白おかしく書いた方が新聞が売れると。当然だよ。だって僕たちは脆弱な女王を愛でることを生きがいとしているから。でも、決して馬鹿になんてしていないんだ』

『なにが違うんだって顔をしているな。俺も他国出身だからあんたの気持ちはわかる。でも、亜種でもあるから、それが真理だってのもわかる』

『我々は、か弱き女王を愛している。子供にも劣る女王に尽くし、敬(うやま)いたい。女王の脆弱さを目にするたび、我々の胸には女王に対する無限の愛情が込み上がるんだ』

ルーファスが熱く語ると、アグネスが無言のまま大きくうなずいた。おそらく、壁の向こうでエリオットとハウエルもうなずいているのだろう。

『アルヴァ社と他社の記事の大きな違いは、女王に対する惜しみない愛情があるか否(いな)か。もし君がルーベル国民であれば、今朝のような記事は絶対に書かない』

『……女王を、批判したからか』

『批判っていうか、女王の存在の意味すらわかっていないよね。いったいどの国から来たの？　ルーベルの騎士が派遣されている国なら、ルーベルの騎士の女王愛について、注意喚起が行われていると思うんだけど』

傭兵(ようへい)派遣が決まると、ルーベルの国民性――女王愛についての注意事項を相手国に伝えることになっていた。派遣先の国民が、うっかり女王を否定するようなことを口走れば、ルーベルの騎士は不快感を示すだろう。温厚な性格のためすぐに問題は起こらないが、適切な対応を向こう側が講じずに積もり積もれば派遣拒否という事態になりかねない。

『ルーベル国民にとって、女王は特別なんだ。そこらの国の替えがきく国王とは違うんだよ。女王は唯一無二。僕たちが僕たちでいるための心の支え。だから、女王は必ず次代の女王を産まなければならない』

『女王が夫を複数人抱えるのは本人の意志じゃない。次代の女王を望む国民が次々に用意した結果なんだ。女王は俺たち亜種のことをよく理解しているから、黙ってそれを受け入れてきた』

『それをお前は、淫欲の限りを尽くした放蕩女王、などと書いた。女王が我々に示してくださった愛情の結果だというのに』

『陛下じゃなくても、怒るよねぇ、これは』

　地をはうようなエリオットの声に、アグネスがまた大仰にうなずいた。心なしか、部屋の温度が下がった気がして、セラフィーナは両手を握りしめて身を縮めた。すると、アグネスがどこからか出したストールを肩にかけてくれた。

『本音を言うとね、いますぐ君たちアルヴァ社の人間を縄で拘束して街道を引きずりまわしてやりたいんだよ。でも、それって弱いものいじめになるでしょう？　亜種は自分たちがどれだけ強靱かわかっている。だからこそ、手は出さない』

『いまさらおびえるくらいならあんな記事書かなければよかったのに。ルーベル国民が温厚だから、調子に乗ったんだろうな』

　エリオットがここまでの怒りを覚えていたなんて驚きだ。それに、他国の人間に寛容なハウエルがこんなに突き放した言い方をするのも珍しい。それだけ、救いようのないことをアルヴァ新聞社はしたのだろう。

『我々にとって、お前たちは直接手を出す価値すらない。だから、不愉快なものを目に入れないよう行動した』

『その結果が取引の打ち切りに、事務所からの追い出しだよ。わかった？　すべては、君たちが招いた自業自得(じごうじとく)なんだ』

先ほどまでとは打って変わり、諭(さと)すようにエリオットは告げた。だが、責任者の男は押し黙ったまま。

『……理解できたみたいだね。それじゃあ、お帰り願おうか』

扉が開く音と、ぞろぞろと部屋を出て行く音を聞きながら、セラフィーナは、歴代女王のことを思い、ストールを握る手に力をこめた。


しばらくの後、迎えに来てくれたルーファスに連れられて、セラフィーナは食堂へと戻った。

そこではすでにお茶の用意がしてあり、エリオットとハウエルが先にくつろいでいた。

席に着いたセラフィーナは、アグネスが用意するお茶を待つことなく、口を開いた。

「三人とも、お疲れ様でした。私たちのために、怒ってくれてありがとう。この町の人達にも、感謝しないといけないわね」

セラフィーナと同じように。いや、それ以上に怒ってくれた。それがなによりもうれしかった。

「それにしても、隣の音が丸聞こえでびっくりしたわ」

「あの部屋は尋問室なんだ。地下一階の部屋は全部そう。どの部屋もふたつひと組になっていて、今回使った部屋はそれなりに地位のある人を尋問するときに使う部屋。ほら、この町って大きな商会も拠点を置いているでしょう。もちろん、素行の悪い奴用の尋問室もあるよ。そっちはさらに地下にあってね……」

エリオットは嬉々として、それはもう詳しく説明してくれた。が、セラフィーナはあまり詳しく知りたくなかったな、と顔を青くした。

アグネスが用意してくれたお茶を飲みながら、料理人渾身のお菓子をつまむ。薄く焼いた筒状のクッキーに、生クリームを詰め込んだお菓子で、シャリシャリと軽い食感のクッキーと生クリームのしっとり感がたまらない。クッキーが甘い分、生クリームにほとんど砂糖を加えていないようで、いつまでも甘さが残らない軽い味わいだった。

「今日のことで、少し思うことがあったの」

クッキーをつまみながらつぶやいた言葉に、ルーファスたちが視線をよこした。セラフィーナは彼らを見ることなく、視線を落としたまま続けた。

「歴代の女王が複数の夫を持ったのは、次代の女王を望む国民を安心させるためだわ。なのに私は、ひとりの人と添い遂げたいと願っている。わがままね」

先代女王から女王の心得を教えてもらえないまま女王となってしまったセラフィーナは、様々な点で未熟だ。母親が数十人の夫を抱えていたこともあり、どうしても一夫一妻に憧れを持ってしまっていたが、国民のことを思うなら複数の夫を受け入れるべきなのだろう。

　考え込むセラフィーナに、「よろしいのですよ、陛下」とルーファスが声をかけた。顔を上げると、隣に座る彼は日だまりのような笑みを浮かべていた。

「陛下の望みを叶えること。それが、我々ルーベル国民の望みです。陛下がただひとりと添い遂げることを望むなら、我々に否やはありません」

「陛下はまだ即位したばかりだし、十六歳なんだから、焦る必要なんてないと思うよ」

「陛下が誰を選ぼうとも、あんたが幸せならそれでいい。自分の幸せを一番に考えてくれ」

　夫候補である三人がセラフィーナのわがままを許してくれる。自分はなんて恵まれているのだろうと、セラフィーナは胸に込み上がるものがあった。

「みんな、ありがとうっ……」

　視界が潤みだして、セラフィーナは慌ててうつむいた。鼻をすする彼女のハチミツ色の髪を、ルーファスが愛おしむように撫で、他のふたりも温かな目で見守っていた。

「……まぁ、次代がなかなか生まれなければ増やされるんでしょうけど」

　アグネスの小さな小さなつぶやきは、和やかな空気に溶けて消えた。

【第二章】最弱女王の戸惑い

セラフィーナが王城へ戻って約ひと月。

結局、アルヴァ新聞社は事務所をたたみ、社員たちは町から姿を消したという。のたれ死になんてことになっては大変なので、話を聞いたセラフィーナは彼らの無事の確認と、必要であれば保護を命じたのだが、いまだ足取りをつかめていない。

「……ルーベルの騎士が、他国の人間の足取りをつかめないなんてこと、あると思います？」

分厚い教本とにらめっこをしながら、セラフィーナはとがらせた唇で心に滞(とどこお)る疑念を口にした。ちなみに、今日の教本は『成犬にバカにされない飼い主の心得』だった。

黒板の前で教鞭(きょうべん)をふるっていたおじいちゃん先生は「はて」とつぶやき、手にしていた教本を閉じてセラフィーナと同じテーブルに着いた。

「陛下の御心を曇らせているのは、もしや先日のアルヴァ新聞社に関することですかな？」

おじいちゃん先生の問いかけに、セラフィーナも教材を閉じて姿勢を正し、うなずいた。おじいちゃん先生は長い髭(ひげ)をなでさすり、視線を彼方(かなた)へと投げて逡巡(しゅんじゅん)すると、改めてセラフィーナと向き合った。

「陛下は、騎士が嘘の報告をしているとお考えで？」

「私はみんなを信頼しています。私が保護を望んだ相手を見殺しにするなんて、ありえないでしょう。ですが今回、アルヴァ新聞社はルーベル国民の逆鱗(げきりん)に触れました。女王であるがゆえに彼らの女王愛を真に理解できない私には、どうしても確信が持てないのです」

ありえないと思った側から、本当にそうだろうかと不安がこみ上げてくるのだ。こんなことではだめだと思う反面、これからもことあるごとに不安に駆られるのかと憂鬱になる。

　これはきっと、孤独だ。国民すべてが共有する価値観から自分だけがつまはじきにされている。中心にいるはずなのに、自分の周りだけ大きな穴が空いているかのようだった。

「陛下の不安は、我々の不徳のいたすところですな」

　おじいちゃん先生の沈んだ声に、セラフィーナは知らずうつむいていた顔を上げた。すぐに否定しようとしたが、それより早く、おじいちゃん先生は頭を振った。

「我々亜種は、女王に尽くすことこそを至上の喜びとしております。つまり、どれほど許しがたい事柄であったとしても、女王がそれを望むなら我々はなんとしてもそれを叶えるのです。それは、陛下もご理解いただいているでしょう」

　セラフィーナはうなずきで答えた。

「わかっていても、不安になる。それは当然です。信頼してもらえるだけの誠意を、我々は陛下に見せておりませんから」

「そんなことは……」と言いかけるセラフィーナを、おじいちゃん先生はやはり首を横に振って抑えた。

「先代女王を失って悲しみに打ち震える我々にとって、陛下は希望そのものでした。先代の分も愛情を注いで成長を見守っていこう。そう思うと同時に、我々は欲をかいてしまったのです」

「欲を、かく?」

「誰かの庇護がなければ生きていけない赤子の陛下。なにも染まっていないまっさらな陛下。けれど、あなたを育て、導く女王はすでにいない。であれば、我々が育てればいい。自分たちの理想の女王を」

理想の女王。その言葉だけ聞けば特段悪いことのようには思わない。しかし、こちらを見つめるおじいちゃん先生は沈痛な面持ちをしていた。

「我々は、どんな些細なことであろうと女王の願いを叶えたい。頼られたいのです。だからこそ、なにもできない、なにも知らない、なにをするにも我々を頼るしかない女王を育てようとした」

女王を依存させようとしている——いつかのハウエルの言葉が頭に浮かんだ。

ハウエルに指摘されて気づくまで、セラフィーナはルーベル国民が作った箱庭の中でなにも考えることなくのうのうと生きていた。その結果亜種の暴走を許し、エシウス侵略未遂事件が起きてしまった。

「女王は庇護者であると同時に、管理者でなければならない。女王が完璧に管理していたからこそ、女王は全幅の信頼を我々に寄せることができた。だというのに、我々は自らの欲望のためにあなたを管理しようとした。為政者として身につけるべき知識を与えようとしなかったところこそが、その最たる証拠です」

ハウエルに会うまで、現状に疑問すら抱かなかったセラフィーナにも責任があるように思うのだが、そうなるように育てられたのだと言われそうで口をつぐんだ。

「過去は覆らず、やってしまったことは変えられません。であれば、陛下に信じてもらえるように、我々は、ただひたすら精進するのみです」

「……それじゃあ私は、みんなやおじいちゃん先生が罪の意識にさいなまれないよう、立派な女王になってみせるわ」

どちらか一方が努力するだけではだめなのだ。セラフィーナにも亜種を管理するだけの力が備わらないと意味をなさない。

もっともっと勉強しなければ。そう決意して、セラフィーナが教本を広げたそのとき、「ふぐぅっ……」という不思議な声が聞こえてきた。何事かと音の発信源であるおじいちゃん先生を見れば、口元を片手で覆いながら「陛下っ、なんと立派になられて……」と大粒の涙を流していた。

「え!?　ちょっ、そこ泣くところ!?」

セラフィーナは慌てて立ちあがったものの、なんと言って慰めればいいのかもわからず、周りに助けを求めようとした。が、壁際に控えるメイドや扉際の騎士まで泣いていることに気付く。

「ど、どうしたらいいの？」

ただひとり、セラフィーナの斜め後ろに立つアグネスだけがいつも通りだったため問いかければ、彼女はつんと顎をそらして答えた。

「放っておけばよいのです。そのうち勝手に泣き止みますわ」

なんの解決にもならない助言に、セラフィーナは途方に暮れたのだった。

「つ、疲れた……」

勉強の時間を終えたセラフィーナは、勉強道具を片付けたテーブルに突っ伏した。

あのあと、なんの手立ても見いだせなかったセラフィーナは、アグネスの投げやりな助言に従い、泣き濡れるおじいちゃん先生たちを放って教本に意識を集中させた。そのうちおじいちゃん先生は落ち着きを取り戻し、何事もなかったかのように授業を再開したのでアグネスの助言は間違ってはいなかったのだろう。ものすごい疲労感を味わうはめになったけれど。

「おべんきょうが、そんなに大変だったのですか、へいか。でしたら、お茶ではなくホットチヨコレートにいたしましょうか」

アグネスやメイドに混じって、午後のティータイムの準備をするコリンが声をかけた。セラフィーナが突っ伏していたテーブルから顔を上げると、ちょうどコリンが両手を伸ばしてビスケットを盛った皿をテーブルに載せるところだった。健気(けなげ)な姿に癒(いや)された。

「お、アップルパイじゃん。これが出て来ると秋って感じがするよね」

セラフィーナの背後から肩越しに顔を覗(のぞ)かせたエリオットが、アグネスがテーブルに載せたアップルパイを見て目を輝かせた。そんな彼にアグネスは「お疲れ様です」と微笑(ほほえ)み、パイを切り分けて盛り付ける。その間にも、部屋にやってきたらしいルーファスとハウエルがそれぞれテーブルに着いた。

セラフィーナが勉強をしている間、ルーファスは騎士の鍛錬に加わり、エリオットはジェロームを始めとした重臣たちと様々な打ち合わせを行い、ハウエルはルーベルの歴史や慣例、常識などを勉強している。

勉強であればセラフィーナと一緒に行えばいいと思うのだが、彼ら曰く『抜け駆け禁止』なのだそうだ。意味がわからない。

「あ、そうだ。アルヴァ新聞社の従業員はまだ見つからないってさ。五人で運営していたらしいけど、ひとりとして見かけないなんておかしな話だよね」

アップルパイを口に放り込んだエリオットが、唇をとがらせた。本気で行方を捜しているのにいまだ見つからず、焦れているようだ。

「街道を使わず、集落にも立ち寄らず、森などに身を隠していればさすがに見つけられないな。それなりの数の騎士を動員して、周辺の森を一斉捜索させるか？」

手で丸く伸ばして焼いた不揃いのビスケットを、ルーファスは一口で食べてしまった。

「陛下が事を荒らげたくないと配慮したおかげで、アルヴァ新聞社の暴挙はさほど知られていないっていうのに、一斉捜索なんてしたら大事になって、あいつらはもっとルーベルにいづらくなるんじゃないか」

胡乱な目でルーファスをねめつけながら、ハウエルは口元までもってきたカップを傾けた。

フォークを置いたエリオットが鼻で笑う。

「いっそのこと、国外に出て行ってくれた方が僕たちとしては都合がいいけどね。もともと、他国からやってきたみたいだし……」

尻すぼみに言葉を切ったエリオットは、「あ、そっか」と表情を消した。

「あいつら、自分の国へ帰ったのかもしれないね」

「街道には関所があるが、森や山を強行突破すれば出入りはできるからな」

「道なき道を行くなんて、よっぽどの根性か後ろめたさでもない限りやらないだろう。普通」

「普通の範疇で生きていれば、ルーベルであんな記事を書いたりしないよ」

エリオットの言葉に誰も反論できなかった。

「いったいどこの国から、なんのためにやってきたんだろうね～」

「ルーベルの騎士が派遣されていない国など、この周辺ではないな」

「主立った国は派遣されているから、海を越えた先か、騎士を必要としない小国か……」

ルーベルは内陸の国であるため、造船技術を持ち合わせておらず、海の向こうの国との国交もない。他国に派遣された騎士は国内の治安維持のみ行うという大原則があるため、他国へ赴く船に乗ることなどありえなかった。

女王さえ心穏やかであれば来るもの拒まず去るもの追わずという国民性を鑑みるに、海の向こうのどこかの国がルーベルと繋がりたいと接触してきたなら、国交を結ぶかもしれないけれど、いまのところそんな話は聞いていない。そもそも、彼らを他国の使者とするには軽率な行動が目立った。

「案外、出稼ぎとかだったりして」

セラフィーナのつぶやきに、全員が「あぁ～……」と声を漏らしたのだった。

薄曇りに遮られながらも光をもたらしていた太陽が地平線の向こうに消えた夜。眠る準備をすべて調え、寝室でひとりきりとなったセラフィーナは、ベッド脇のテーブルに積まれた本から一冊を手に取った。

『ルーベル国　女王史』と題する本たちは、歴代の女王の記録だ。何年に生まれ、何年に即位し、伴侶の数や結婚した時期、主な功績など、事細かにかつわかりやすく記載してあった。とはいっても、建国当時の記録まではさすがに残っていない。

「世界に散らばっていた亜種たちが安寧を求めて一所に集まり、やがて女王となる亜種が現れてルーベルを建国した……かぁ」

つぶやいたのは、建国の歴史、というより伝説だ。人間から亜種が生まれたのか、それとも亜種は最初から亜種として存在していたのか。どうして女王などという存在が生まれたのかもわからない。

ただひとつ言えることは、ルーベルは世界で最も古い国だということ。

「女王を中心に一致団結しているから権力争いもないし、他国と戦争にもならないしなぁ」

単に、周りの国が栄枯盛衰を繰り返し、ルーベルが最古参となってしまっただけだった。

セラフィーナはこの本を、女王の役割を理解するための教材として用意させていたのだが、最近は女王の功績だけでなく、女王の伴侶の項目にも目を向けるようになった。

アルヴァ新聞社の記事をきっかけに、セラフィーナは女王の責務にきちんと向き合えていないのではないか、と思うようになった。ルーファスたちはセラフィーナの気持ちを優先していいと言ってくれたけれど、はいそうですかと甘えるには、自分は無知すぎた。歴代の女王がどのように国を治め、そして次代を繫いでいったのか、セラフィーナは知るべきだ。

歴代の女王は、即位して数年で伴侶を得ていた。平均は五人ほどで、ひとりずつ増えていったり、即位と同時に複数人と結婚したりなど、人それぞれだ。

たったひとりと添い遂げた人もいれば、母のように何十人と夫を抱えた人もいる。

「結局のところ、次代の女王を産めるかにかかっているのよね」

次代の女王さえ産めば、周りが次々に伴侶を押しつけることもない。権力争いのないルーベルらしいわかりやすさだった。

本を閉じて、セラフィーナは嘆息する。慣例が知りたくていろいろと調べてみたが、即位して女王となったセラフィーナが一刻も早く結婚すべき事実は覆らない。このあたりで、あらためて自分の結婚について真剣に考えてみようと思う。

セラフィーナの現在の夫候補は三人。

「まずはルーファスね……」

ルーファスは亜種返りというだけあり、ルーベル国最強の戦闘力を誇る。女王への忠誠心も人一倍厚く、城に常駐する近衛（このえ）騎士団の団長も務めている。セラフィーナの護衛のほうが優先されているため、団長の実務は基本的に副団長が行っており、何かしらの有事でもない限り、団長は名誉職となっている。

ただ、亜種返りゆえに独占欲が強く、愛する人を他者と共有することはできないと彼自身が公言していた。彼と結婚した場合、複数の夫を抱えることは不可能となり、次代の女王をなかなか授からなければ、面倒な事態になるだろう。

エリオットはジェロームとともに国の内政に深く関わっている。セラフィーナのスケジュール管理や訪問先の下見、段取りなどは基本的に彼の役目だ。名実ともに女王を支える伴侶となってくれるだろう。

ただ、エリオットの場合、能力ではなく性格に多大なる難がある。笑顔で人を追い詰めたり、ねちねちじわじわと痛いところを突き続けたり、一生懸命な人を挑発してあざ笑うなど、言い出したらきりがなかった。

「悪い人ではないのよ……たぶん。エリオットなりの愛情表現なのははたから見ている分にはわかるから」

自分にその愛情表現が向いているときには、そんなふうには考えられないけれども。

「最後はハウエルか……」

ハウエルはニギールで育っただけあり、女王を愛するあまり暴走する危険性が少ない。ルーベルと他国の常識の違いを考慮（こうりょ）してセラフィーナに有用な助言をしてくれたことは何度となくある。なにより、セラフィーナの周りにいる異性の中で一番ぎらぎらしていない、癒し系だった。

ただ、彼はニギールの王族であるため、彼自身やニギールに企みがなくとも、ルーベルを手に入れたい他の国が難癖をつけて自国の王族との婚姻を要求してくるかもしれない。無視をすればいいだけだが、ジェロームあたりが我慢できず暴走する危険がある。周辺国の安寧のために、刺激するようなことはするべきではないだろう。

「あぁ〜もう！　誰を選んでも大変そうじゃない。だからって、これ以上夫候補を増やしたくもないし……」

誰かいい人はいないだろうか。ルーファスほどとはいかなくとも身体能力がある程度高く、またエリオットのようないい性格などしていない、癒し系。

「………………コリン？」

弱冠六歳のコリンは、すでにセラフィーナより腕っ節が強く、かつ、周りに振り回されて疲れ切ったセラフィーナの心を愛らしい笑顔で癒やしてくれている。

未知数ではあるが、育て方次第でいくらでも化けるような……

「いや、やめよう。いくらなんでも六歳の子供相手に考えることじゃない」

セラフィーナは真っ当な大人だ。

穢れた考えを夜空の彼方へぶん投げて、セラフィーナはベッドの中に潜り込んだのだった。

翌日、セラフィーナのもとへ、思いも寄らない人物が訪問した。

「やぁ、セラフィーナ。即位式以来だね」

ジェロームとともに部屋に入ってきたその人は、午前のお茶を楽しんでいたセラフィーナの隣に腰掛けると、自然な動作で彼女を抱きあげ、そのまま自らの膝の上に座らせた。

男性が座っていた椅子はルーファスが使っていたのだが、自らの意志で男性に席を譲り、セラフィーナたちの背後で待機している。その表情に驚きはあれど、男性に対する敵意や恐怖は微塵も現れていない。

それもそのはず、

「愛らしい君が今日も変わらず心健やかに過ごせているようで、兄さんはうれしいよ」

「アルヴィン兄様こそ、お元気そうで何よりです？」

彼はセラフィーナの一番上の兄、アルヴィンだった。

アグネスの父親でもある彼は、娘と同じ燃えるような赤毛をきっちり後ろへなでつけ、妹と同じ若葉色の瞳を柔らかく細めていた。口元や目尻にしわが見受けられるが、セラフィーナと親子ほども歳が離れていることを思えば当然だった。

遠征先から直接ここまで来たのか、アルヴィンは騎士服を纏ったままだ。それでも包み込むような温かな雰囲気が崩れないのは、優しくて頼りになるザ・長男という人柄ゆえだろう。

もはや幼い頃からの定位置となっている膝の上に載せられたセラフィーナは、ずいぶんと近くなった兄の顔を見上げて首を傾げた。挨拶が疑問系になってしまったのは仕方がない。本来であれば彼はいま、隣国マローナに派遣した騎士を率いているはずである。それがどうして、セラフィーナの前に現れたのか。

「もしや……アルヴィン兄様までセオドール兄様みたいな真似を!?」

セオドールが派遣先であるエシウスの国王一派をふん縛り、帰国した事件は記憶に新しい。エシウスの上層部が腐りきっていたという要因もあるが、セオドールが短慮だったのは否めなかった。

アルヴィンに限って軽率な行動はありえないと思いつつ、それでも例に漏れず妹バカと女王バカを併発している兄たちのひとりである以上、絶対大丈夫だとは言えなかった。

不安から涙目になるセラフィーナを、アルヴィンはとろけるような眼差しで見下ろし、妹の頬に指を滑らせる。

「あぁ、セラフィーナ。どうか泣かないでおくれ。私はセオドールのように愚かな脳筋ではないからね」

ぐっと顔を近づけてきたアルヴィンは、今にも涙がこぼれそうなセラフィーナの目元に薄いくちびるを寄せ——

「はい、そこまで~」

軽妙な声とともに、セラフィーナはアルヴィンの膝からひょいと持ち上げられた。そのままセラフィーナを横抱きにしたのはルーファスで、取り戻そうと手を伸ばすアルヴィンを身を挺して遮ったのはエリオットだった。

立ちふさがるエリオットに気づいたアルヴィンは、表情を暗くゆがめて腰を浮かせていた椅子に座り直した。

「これはこれはエリオット。君は私の娘と結婚するんじゃないのかい？」

これ見よがしにゆっくりと足を組んだアルヴィンは、背もたれに身体を深く預けることで見下ろすようにエリオットを見やった。

「あははっ、面白いことを言いますね、アルヴィン様。僕は陛下の夫候補ですよ？」

心底意味がわからないとばかりに、エリオットは明るく笑い飛ばして首を傾げる。

アルヴィンは肩をすくめて頭を振った。

「おやおや……どうやら我が愛娘はいまだ好いた男を籠絡できていないらしい。せっかくセラフィーナの侍女にして近づかせたというのに」

「お力添えいただいたというのにいたらず、申し訳ございません、父上。ですが、エリオット様の幸せこそがわたくしの幸せ。愛する方の望みをつぶすようなこと、できるはずもありません」

胸に手を添えて微笑むアグネスを見て、アルヴィンは「恋する乙女だねぇ」と皮肉気に口元をゆがめた。

エリオットたちが身も凍るやり取りをにこやかにぶつけ合っている間に、セラフィーナはアルヴィンと向かい合う位置の椅子に運ばれた。セラフィーナが座りやすいよう、椅子をひいてくれたハウエルが、若干血の気の失せた顔で耳打ちした。

「あのおっかない人、なに？」

「アルヴィン兄様は、私の一番上のお兄様よ。普段は穏やかで頼りになるお兄様なんだけど……時々変なスイッチが入るのよね」

頬に手を添えて首を傾げるセラフィーナに、ハウエルは「いや、あれ……スイッチが入るとかそういう問題じゃなくて、腹ぐ……」とつぶやこうとして、真正面からとんでもない威圧感に襲われて口を閉ざした。

視線を持ち上げれば、テーブルの向こうでアルヴィンが笑っている。

「私が、どうしたって？」

「……いえ、なんでもないです」

背筋を伸ばしてセラフィーナの耳元から離れたハウエルは、アルヴィンと真っ向からやり合うエリオットに尊敬の眼差しを向けた。

「それで、アルヴィン兄様。いったいどうして急に帰っていらしたんですか？」

気を取り直し、アルヴィンの分のお茶も用意してひと息ついてから、セラフィーナが問いかけた。

カップを傾けてお茶を味わっていたアルヴィンは、ワゴンの脇で控えるコリンに「また腕を上げたね。おいしいよ」と笑顔を振りまいてから、セラフィーナへと向き直った。

「ちょっと、私ひとりでは対応しきれない案件が出てきてね。女王であるセラフィーナの判断を仰ごうとここまでやってきたんだ」

アルヴィンは胸元から折りたたんだ紙を出し、受け取ったセラフィーナが紙を広げて記された文言を読む。その内容と、最後に押されたマローナ王家を示す印璽を見て、セラフィーナは眉をひそめた。

「反逆者の鎮圧要請、ですか？」

ルーベルの騎士が派遣先で請け負うのは治安維持だ。政治的な闘争や他国との戦争などには一切関わらない事になっている。ただ、領主が不正を行って領民を虐げていたことが判明したときなど、例外的にルーベルの騎士が依頼国からの要請を受けて介入することもあった。

今回の要請書も、いままで国と円満な関係を築いていた村が、村長の代替わりとともに国との交渉を一切拒否し、派遣した使者や騎士を強制的に排除した、と書いてある。それだけ聞けば、新しい村長が不当に村の財産を独り占めしようとしている、ともとれるが……

「これ、村での出来事なんですよね？」

領地でも交易拠点となる街でもなく、村での出来事なのだ。財産を独占したところで程度がしれているし、小さな村であれば村人同士手を取り合って自給自足で生きるしかないはずだ。村長がどれだけ独裁的であろうと限界はあるのではないだろうか。

「というか、たかだか村ひとつ、国の騎士が動けばどうとでもできるでしょう。わざわざ、ルーベルの騎士が動く必要が？」

武器も持っておらず、戦う術も知らない村人相手に、どうしてマローナの騎士が遅れを取るというのか。

当然の疑問を口にするセラフィーナに、アルヴィンは大きくうなずいてから、口を開いた。

「その要請だけでも十分不審なんだが、さらにきな臭い事情があってね。じつは、その村が存在する場所が、国境近くの山なんだ」

「国境?」

「あぁ、ルーベルとは別の国との国境だから、そこは安心してくれ」

「それはほっとしましたけど安心はできません。本当に村は存在するんですか？　村と偽って他国侵攻の片棒を担がせようとしている、ということはありませんよね?」

「残念なことに、絶対ないとは言い切れないんだよ。というのも、村が存在するという山周辺はね、私たちルーベルの騎士が近づけない場所なんだ」

「近づけない?」

意味がわからず、セラフィーナは眉間のしわを深くさせた。

「私たちルーベルの騎士は、基本的に地方の治安を維持することを主な仕事としている。王都や主立った交易都市なんかは自国の騎士が守るため、ルーベルの騎士は不用意に近づかないよう、依頼交渉の時に決められることは、理解しているよね?」

セラフィーナは黙ってうなずいた。

「マローナはね、王都や主立った交易都市の他に、問題の村が存在するという山周辺も進入禁止と取り決めていたんだよ」

「それが突然、村の制圧を要請してきた、と」

「ねぇ？　わかりやすいくらいにきな臭いだろう？」

セラフィーナだけでなく、部屋にいる全員がうなずいた。

「断ってもいいんだけどね。もし本当に村人が苦しんでいた場合を考えると、もう少し探りを入れるべきかと思って」

「……国境を接しているという、もう一方の国で不穏な動きがないか、こちらから調べてほしい、ということですね」

アルヴィンが肯定するのを見て、セラフィーナは脇に控えるジェロームへと視線を向けた。

「マローナと接する国にはルーベルの騎士が派遣されております。すぐに内部調査を命じましょう。ただ、もうひとつ可能性がございます」

「村がどこの国にも帰順していない、という可能性ね」

セラフィーナの言葉に、ジェロームは「さようでございます」と顔を伏せる。

「国境など、各国が勝手に主張するものだからね。もしかしたら、二国間で領有権を争っていた土地だからこそ、私たちルーベルの騎士に近づいてほしくなかったのかもしれない」

「アルヴィン兄様は、この要請書を持ってきた使者にはなんと答えたのですか？」

「今回のことは異例ゆえ、女王の判断を仰いでから返答する、と伝えておいたよ」

セラフィーナは顎に手を添えてかすかにうなった。

「……私がマローナに直接出向いて、国王からの説明を求める、というのはどうでしょう。その間に、マローナと他国、両方から内部調査を行ってもらいます」

セラフィーナ自ら動くことは、マローナだけでなくルーベルの騎士を受け入れている他国に対しても牽制となる。ルーベルの騎士を不当に扱えば、女王自ら正しに行くぞ、と。

普通の国であれば国王を人質に取られたら云々と心配がつきないのかもしれないが、ルーベルの場合、女王に何かあれば大げさではなく国が潰される。いつ破裂するかわからない爆弾が舞い込んでくるのと一緒だ。女王にはルーベル国内でおとなしくしていてほしい、というのが世界共通認識だった。

「それはいいねぇ。女王に話を通すと言ったとき、マローナの使者の顔色が悪くなっていたから、きっといろいろと楽しいことになるんじゃないかな」

とても良い笑顔でアルヴィンが賛成したが、ハウエルが「あのっ……」と片手をあげて発言の許可を求めた。

わざわざ許可など求めなくてもいいのに、と思ったものの、セラフィーナがどうぞと視線で合図を送れば、彼はアルヴィンの顔色をうかがいつつ、発言した。

「一国の長である女王が動くんだ。迎える側にも準備が必要になるだろう。マローナ側が訪問申請を受け入れるだろうか？」

ハウエルの懸念を「心配ありませんよ」と一蹴したのはジェロームだった。彼はエリオットやアルヴィンに勝るとも劣らぬ黒い笑顔を浮かべ、言った。

「そちらがこちらの疑問に答えてくれないというのなら、国境を接するもう一方の国に問い合わせするだけですけど、どうしますか？　とでも言えば受け入れますよ。ま、他国に知られたくないやましい事があるって白状しているようなものですけど。戦争が起ころうがなにしようが、各国の自由ですからね。我々ルーベルは介入しませんし、させません」

ルーベルは、べつに世界の平和を守っているわけではない。国によって文化や考え方が違う以上、戦争はいつでもどこでも起こりうるだろうし、それもひとつの権利と言える。ただ、派遣しているルーベルの騎士が巻き込まれることだけは断固として阻止させてもらう。

ハウエルは「それって、脅迫じゃあ……」と反論しかけたものの、「いや、でも、ルーベルだしなぁ……」と両腕を組んで悩み始めた。

他国から見た常識的見解を持つハウエルが文句を呑み込んだのだ。現状では、これが最良の一手だろうとセラフィーナは判断した。

「では、準備が整い次第マローナへむかいます。それぞれ、段取りをお願いします」

セラフィーナが宣言すると、テーブルを囲っていた面々が立ちあがり、胸に手を当てて頭を垂れた。

「我らが主のお望みのままに」

セラフィーナがマローナへむかうことになったのは、三日後の事だった。

「準備が整い次第とは言ったけれど、こんなに早く出発するとは思わなかったわ」

王城の中庭にて、鳥かごを挟んできーちゃんと向き合いながら、セラフィーナはつぶやく。

「わざわざジェローム様自らマローナへ赴いて脅は……交渉しましたからね」

「いま脅迫って言った？」

背後のアグネスを振り返って問いかけてみたものの、彼女は黙ってリュックを背負うだけだった。

「心配いりませんよ、陛下。宰相たる私自ら動いて脅し……交渉してきたのですから。きっといまごろ、向こうは陛下にどう対応するのか必死に頭を捻っていることでしょう」

高笑いでも始めそうな勢いでジェロームが胸を張った。なんとなくハウエルへと視線を移してみれば、侍女からリュックを受け取っていた彼は「うん、まぁ、もう……いまさらっていうか」と目をそらしてうすら笑った。

やっぱり早まっただろうか、と不安がよぎったが、ルーベルの騎士を悪用されないためには多少の脅しも必要だろうと、セラフィーナは前を向くことにした。

「きーちゃん、よろしくね」

マローナまで運んでくれるきーちゃんの首に腕を回し、セラフィーナは顔を埋める。冬毛に生え替わった胸元はもっふもふだった。

「はぁ、至福……もうずっとこうしていたい」

両手の指でわっしゃわっしゃ毛をもみながら、セラフィーナは悩ましげにつぶやく。油断すると眠ってしまいそうだと思っていたら、ふいに首の後ろを引っ張られた。

宙に浮いたセラフィーナは、きーちゃんの胸元から引きはがされて宙ぶらりんのまま後ろへ振り向かされる。どうやら、きーちゃんがセラフィーナの首もとをくわえてぶら下げているようだ。

いつの間に背後に立っていたのか、ルーファスが鳥かごの扉を大きく開けて待っていた。

「陛下、そろそろ出発しますので、鳥かごへ入ってください」

「……はい」とセラフィーナが返事をすると、お利口さんなきーちゃんはくわえたままの彼女を鳥かごの中に降ろした。

「なんだか、親猫に運ばれる子猫の気分」

自分が少し情けなく感じて口をとがらせていると、コートを持ってきたアグネスが「ご冗談を」と笑った。

「子猫は小さいなりに自分を守る牙や爪を持っているではありませんか」

「え、それ、子猫以下って言いたいの？」

アグネスから返答はない。それが答えだ。

「ご安心ください、陛下。子猫を守る母猫よりも、完璧に守ってみせますから」

コートの前ボタンを留め終わったアグネスが、コートに付属するフードをかぶせながら言い聞かせる。セラフィーナは「わかっているわよ」と答えた。

「みんなが守ってくれるってわかっているから、私は他国へ赴くことができるのよ」

アグネスだけでなく、ルーファスたちも虚を衝かれたような顔をしたが、すぐに微笑みを浮かべてうなずいた。

「お任せください、陛下。なにがあろうと、必ずあなたを守り通して見せます」

「僕たちが他国の人間ごときに遅れを取るわけがないんだから、陛下はのほほんと構えていればいいよ」

「ちゃんと守るつもりだけど、あんたに万が一のことがあったら、他国が被害を受けるっていうのもちゃんと念頭に置いて行動してくれよ。いや、そんなこと起こさせないけどさ」

ハウエルの言うことも尤もだ、と思い、セラフィーナは大げさなほどうなずいて返した。

準備を終えたアグネスが鳥かごをでると、ルーファスが扉を閉めて鍵をかける。

秋も深まり肌寒いうえ、上空を移動するため、内側が毛皮となっているコートを着込んだセラフィーナは、ソファに座ってさらに毛布にくるまった。

きーちゃんのおかげでマローナまで丸一日でたどり着けるという。夜も移動しつづけるとのことで、今回セラフィーナが腰掛けるソファはリクライニング機能つきだった。女王に快適な環境を提供するためならば、ルーベル国民は果てしなく努力し続けるのだと、改めて実感した。

「それでは陛下、出発いたします」

セラフィーナに一言断ってから、ルーファスがきーちゃんの背にまたがった。

「陛下、上空は寒いでしょうからきちんと毛布にくるまって、どうしても我慢できないようであればルーファスに伝えてください。一度地上に降りて防寒対策をいたしますから」

言い聞かせるアグネスにうなずいて、セラフィーナは肩にかける毛布を首もとまで引き寄せる。

アグネスの後ろには、リュックを背負ったエリオットとハウエルも笑顔で手を振っていた。

今回、マローナへ一緒に向かうのはルーファス、エリオット、ハウエル、アグネスというい つもの四人だ。アルヴィンはジェロームとともにマローナとの交渉に向かい、そのまま待機しているという。

「キエエエエェッ！」

きーちゃんが高く鳴き声を上げながら翼を大きく広げた。普段お行儀よく翼を折りたたんでいるためあまり気にしなかったが、こうやって翼を広げると、最弱比べができるくらい広いはずの中庭が一気に狭く感じてしまう。

もふもふでお利口さんで頼もしくてかっこいいだなんて、きーちゃん最強か——などと考えている間に、きーちゃんは翼を力強く羽ばたかせて舞い上がった。

離陸の瞬間だけは、セラフィーナが乗る鳥かごが左右に揺れる。とはいっても、お利口なきーちゃんは細心の注意を払ってくれているため、どこかにしがみつかなければならないほどではない。

風を切る音が響くたびに、地面が離れていく。四角い中庭が小さくなっていくのをなんとはなしに見つめていると、エリオットたちも出発することにしたのか走り出した。軽く地面を蹴ったかと思うと、セラフィーナの目の前にエリオットが現れた。

「じゃあね、陛下」

片目をつぶって手を振ったあと。くるりと身を翻して壁の向こうへ降りていった。

セラフィーナはそのまま高度を上げてしまったので確認できないが、おそらく城を飛び越えて前庭あたりに着地したのだろう。もしかしたら、城壁さえも飛び越えて街に降り立ったかもしれない。

「ひとっ飛びで越えられる城壁って、意味があるんだろうか……」

セラフィーナの素朴な疑問に、答える声はなかった。

早朝に旅立ったセラフィーナたちは、途中昼食や夕食をとるための休憩を行いつつ、マローナを目指して進み続けた。

べつに時間に追われているわけではない。ルーベル国民は数日ぶっ通しで走り続けても何ら問題がない底抜けの体力を保持しているため、これでもセラフィーナの体力を鑑みてゆっくり進んでいるという。

夕食の後には、セラフィーナが少しでも快適に眠れるよう、風よけのために特注のカーテンを鳥かごにかぶせていた。おかげで、冷たい夜風にさらされずに済んでいる。

「そういえば、以前エシウスへ向かったときは最悪だったわね……」

ひとりつぶやいて、セラフィーナは乾いた笑みを漏らした。

あのときはまだきーちゃんがおらず、セラフィーナはルーファスたちに抱っこされて移動することになったのだ。屋根や森の木々を飛び越えたり、景色が線に見えてしまうほどの速さで駆け抜けるなど、セラフィーナに対する配慮など微塵(みじん)も感じられない強行軍だった。いや、夜は宿に泊まっていたことを思うと、もしかしたら彼らなりに気を遣ってはくれていたのかもしれないが……。それでも基準が亜種であるためいろいろと配慮が足りないのは事実だった。

結局あのときは、叫び疲れたセラフィーナが午前中に気絶し、その後宿屋にて意識を取り戻すをくり返していた。幸いにもエシウスできーちゃんと出会ったおかげで、帰りは快適な空の旅となったが、もう二度と抱っこでの長距離移動はしたくない。

「きーちゃんに会えてよかった……本当によかった……」

握りしめた両手を眉間(みけん)に寄せて、セラフィーナはこらえきれず涙を浮かべた。

鳥かごにかぶせられたカーテンの隙間(すきま)から陽の光が差し込む頃、セラフィーナたちはマローナにたどり着いた。

「陛下、お休み中のところ失礼いたします」

地面に着地するなり、カーテンの中にアグネスが入ってきた。彼女は鳥かごの扉をわずかに開いて中へ滑りこむと、セラフィーナを立たせて身だしなみを整え始める。

コートの首もとを緩(ゆる)めてフードを外し、乱れた髪を軽く梳(くしけず)ってからスカートを整える。床に落としてあった毛布を回収すると、鳥かごから出て行ってしまった。

アグネスがカーテンの向こう側に消えてからわずかの後、鳥かごからカーテンが外れた。布越しに光を感じていたとはいえ一気に視界が明るくなり、セラフィーナは目をすがめた。徐々に明るさに慣れてきたので改めて周りを見れば、騎士の鍛錬場なのだろうか、四角い壁に囲まれた芝生広場には、灰色地に赤の差し色が入ったルーベルの騎士服を纏った人々が、鳥かごと向かい合うように整列していた。

鳥かごの右側には地面に降り立ったきーちゃんが、反対側にはエリオットとハウエル、アグネスが並んでいた。そして鳥かごの扉のすぐ前にはルーファスが待機しており、扉を開けた彼は恭しい手つきでセラフィーナの手を取り、外へと誘う。

柔らかな芝生の上に立ったセラフィーナを、アルヴィンが出迎えた。

「セラフィーナ、はるばるマローナまでよく来てくれたね」

アルヴィンが胸に手を当てて跪くと、後ろで整列する騎士たちもそれにならい、胸に手を当てて地面に膝をついた。

「我らルーベル騎士団マローナ派遣隊は、女王陛下のご訪問を歓迎します」

アルヴィンの声に合わせ、騎士たちが「歓迎します！」と声をそろえた。

「こんな早朝だというのに、揃ってお迎えいただきありがとうございます。私がこの国へ訪問することを許されたのも、あなた方がマローナの人々のために誠心誠意、尽力してくださったおかげでしょう。あなた方は私の誇りです」

セラフィーナが騎士たちを労うと、エリオットとハウエルが前に出てきた。ハウエルが口の開いたリュックを胸に抱えているのを見て、セラフィーナは強い既視感といやな予感を覚えた。

「祖国を離れて職務に励む君たちのために、陛下は特別な報奨を用意してくださった」

やっぱり――――――！　と叫びたいのを、セラフィーナはぐっとこらえる。今度はいったいなにを出す気だ、とリュックに手を突っ込むエリオットを凝視していたら、報奨品を取り出した彼は、ちらりとセラフィーナを振り返り、一瞬、あざ笑った。

「このたびの特別報奨は、これだ！」

両手で高く掲げたのは、予想したとおり両手の平サイズの額縁だった。木製のシンプルな額縁の中には、最弱比べで行った綱引きの絵が描いてあった。六歳児のコリン相手に、セラフィーナがずるずると引きずられている絵だ。

絵を目にした騎士たちは、一斉にどよめいた。

「こ、これは……！」

「こんな幼い子供相手に、引きずられているだって!?」

「なんという脆弱……これぞ女王！」

「最弱女王、万歳！」

「万歳！」

喜びの雄叫びを上げる騎士たちを、セラフィーナは凪いだ心で見守った。その表情はまさに、女神もかくやという神々しい笑顔だった。

セラフィーナが降り立ったのは、ルーベル騎士団マローナ派遣隊の本拠地となる宿舎だった。ここから各地方へ騎士を派遣し、治安維持に努めているという。

マローナ国内の中央付近に位置しており、少し歩けば交易都市にたどり着けるらしい。交易都市はマローナの騎士が守っているためルーベルの騎士が任務でそこへ入ることはないが、休日の娯楽として遊びに行く事はできるそうだ。また、食料品などの物資は交易都市から定期的に届けてもらっていた。

芝生の鍛錬場は宿舎に繋がっていて、白塗りの壁に窓が等間隔で並ぶ建造物は、アルヴァ新聞社を訪ねたときに滞在した騎士宿舎を彷彿とさせた。

ただ、まったく同じというわけでもなく、マローナの宿舎はみっつの建造物からなっていて、ひとつは騎士たちが寝泊まりする寮となっており、もうひとつに武器庫や鍛錬場、食堂といった共有施設が集められていた。セラフィーナが降り立った鍛錬場も、この建物の一部だった。

そして最後、宿舎の表門からまっすぐ進むとたどり着ける、宿舎の正面に位置する建物には、他国の要人と話し合うための応接室や、夜会が開ける大広間などが揃っていた。まさに、宿舎の顔。ここを表と称するならば、他ふたつは裏だろう。

来賓用の食堂に通されたセラフィーナは、朝食をいただきながらアルヴィンと今後の打ち合わせをすることになった。

「早速ですが、内部調査の進行状況はどうなっていますか?」

「隣国からの報告はまだだけど、マローナについては調査は終わっているよ。いやぁ、セラフィーナを迎えるための準備でてんやわんやで、調べやすかったよ。さすがジェローム。うまい具合に圧力をかけてくれたよね。でも、あんまり結果は芳しくないというか、さらなる謎を呼んだというか……」

アルヴィンは口をへの字に曲げて首をかしげた。

「結局、村の場所は特定できなかったんだ。けれど、山に人が住んでいるのは確かだ。山から一番近い町に役所があって、そこへ定期的に税を納めにくる人間が確認されている。ただ、何を納めているのかはまったく不明」

「外から見てわからないものってことは……袋に包める小さいものってことですか？」

大きな街でもない限り、納税は基本的に物品で行われる。村のような小さな集落は作物が一般的だが、その場合、見てわからないということはないだろう。

「あと、村人が税を納めなくなったのは二年前からと憶測される。役場に来ることが徐々に少なくなって、来ても手ぶらだったそうだ。国から交渉人が派遣されたのは一年前だな。いままでは騎士が派遣される事態となっている」

「税を納めていたということは、村はマローナ国に属していると考えていいですね。でも、すでに騎士が派遣されているというのに、どうして解決しないのかしら」

「この後、国王直々に事情を説明してくれるそうだから、そのあたりも話してくれるんじゃないかな。女王を歓迎する夜会を開きたいとも言っていたが、今回女王が来訪するのは、ルーベルが派遣した騎士の行動理念をマローナ側がきちんと理解しているのか確認するためであり、親睦を深めるわけではないと言って断っておいた」

「……それって、大丈夫なの？」

ずいぶんと上から目線な物言いだ。マローナとルーベルは対等な交易相手であるはずなのに。不安を覚えるセラフィーナに、エリオットが「平気だよ」と答える。

「ルーベルは基本的に、女王を国から出したがらないんだ。だから、夜会とか余計な予定を入れずに、必要最低限、目的だけ果たして帰る。それが通例だよ」

エリオットの言うとおり、ルーベル国民の女王愛を思えば、女王を国から出したことだけでも奇跡と言えるかもしれない。けれども、それはルーベルだけの常識であって、他国もそれを理解してくれているのだろうか。

不安がぬぐえずハウエルへと視線を移すと、マドレーヌをたっぷり塗ったトーストにかじりついていた彼は、フレッシュジュースで口の中のものを腹におさめてから、口を開いた。

「あー……うん。普通ならありえないんだけどさ、そこはルーベルだから。へたに女王を引き留めて亜種の怒りを買う方がとんでもないことになる」

「……私、来ない方がよかったかしら？」

動く爆弾という自覚はあったが、ここまで周りから恐れられると、申し訳ない気持ちになる。

「いやいやいや、落ち込まないでよ、陛下。俺はこの問題に関しては、陛下が動く事に賛成なんだ。ルーベルの騎士がどこか一国に肩入れすることはない。不正に利用しようとすれば女王自ら動くぞ、という意思表示だ。他国も下手（へた）なことは考えなくなるだろう」

「見せしめだよね。だからこそ、夜会なんてでる必要がないんだ。だって、仲良くするために来たんじゃないんだもの」

「陛下のお姿を拝見することで、騎士たちの士気も上がります。歴代の女王は、各国へ派遣された騎士のもとを定期的に訪問していたそうですよ」

「あぁ、懐かしいね。お母様も、何度か派遣先を訪れてくれていたな」

　グラスを傾けて口を潤していたアルヴィンが、視線を少しさげて微笑（ほほえ）む。懐かしむような、それでいて少し寂しげな笑顔だった。

「……私も、騎士たちの派遣先を訪問して回ろうかしら」

「それはいい考えですね。女王の即位という節目を迎えたところですし、各国の騎士へお姿を見せれば、騎士たちも大喜びすることでしょう」

「ジェロームあたりが渋りそうだけどね。騎士の慰労（いろう）は女王の務めのひとつとかなんとか言えば黙るんじゃないかな」

「城勤めの者たちは、普段、陛下を独り占（ひとじ）めしているようなものですものね。国のために外へ働きに出ている騎士たちを労（いたわ）りたいと言われて、文句なんて言えませんわ」

　好意的な反応をもらい、セラフィーナは表情をほころばせる。派遣先の訪問が実現したら、どこから行こうか、と早くも考え始めてしまった。

「ねぇ、ハウエルの故郷であるニギールはどんな国なの？」

ハウエルが生まれ育ったニギールにも、ルーベルの騎士が派遣されていた。ニギールの女王であるハウエルの母が、派遣されたルーベルの騎士に一目惚れしたことでハウエルが生まれたのだ。

「寒い地方だから、羊毛製品が主な特産品だな。あと、海にも面しているから、加工した海産物なんかもある」

「ニギールはずいぶんと北にあるものね。じゃあ、雪が降ったりするの？」

「秋口からちらほらと降り出して、冬の間はずっと雪に覆われているよ」

ルーベルは一年を通して曇天だが、雨はあまり降らない。真冬であっても氷点下まで気温が下がることもほとんどなく、セラフィーナは雪を見たことがなかった。

「雪かぁ。細かい氷みたいな感じなのかな？　積もったら一面真っ白になるって聞いたことがあるけれど、本当なのかしら」

目を輝かせるセラフィーナに、ハウエルは眉をさげて笑った。

「そんないいもんじゃないよ。雪かきしないとどこにも行けないから、結局こもりきりになるしな。冬はとにかく色がないから、洋服とかブランケットとか、身の回りのものが色鮮やかだったかな」

「ニギール産の膝掛けを持っているのだけど、色とりどりの小花のモチーフをつなげたかわいらしい品だったわ。あんなに色を使っているのに派手さはなくてむしろ素朴な美しさがあるのは、静かな冬を過ごすニギールの方たちの、春を待つ気持ちがこめられているからなのね」

セラフィーナは何度かニギールの伝統工芸であるモチーフ編みに挑戦したことがあるが、どんなに色味を真似しようとも本場の品のような自然な明るさは再現できなかった。これはもう、生まれ持った感性の違いとしか言いようがない。

「陛下がニギールのモチーフ編みをそんなに気に入ってくれているとは思わなかった。ニギールを訪れたときは、職人のところへ案内するよ」

ハウエルの提案をセラフィーナは大喜びし、派遣先の訪問が決まったら、一番にニギールへ行こうと心に決めた。

そんな浮かれるセラフィーナを、エリオットは面白くなさそうに見つめ、ルーファスは愛でるような、それでいて寂しそうに見つめていた。

夫候補三人それぞれの表情を見比べて、アルヴィンは肩をすくめて笑みを深めた。

「我が妹ながら、ずいぶんと周りを振り回しているようだ。いいぞ、もっとやれ」

誰に聞かせるでもない小さなつぶやきは、唯一、給仕のためにすぐ後ろに控えていたアグネスの耳に届き、いい歳をして妹離れできていない父に、娘はため息をこぼしたのだった。

マローナ国王は、地中から全身を現した太陽を見上げ、ため息をこぼした。朝の冷え込みが幾分かましになったため、吐息が白く残ることはなかった。

ここ、マローナ王城前庭には、マローナ国王を始めとした国の重臣たちが一堂に会していた。

庭といっても、庭師たちが丹精こめて作りあげた芸術的な庭園ではなく、城門からまっすぐ伸びる馬車も通れる石畳の道の中央だ。

　国王に宰相といったそうそうたる面々は、皆一様に顔色が悪い。国王の背後で横一列に並ぶ重臣の中には、冷や汗が止まらないのか布巾で何度もぬぐうものもいた。

「いっ、いらっしゃいました！」

　国王たちの護衛として周囲を警戒していた騎士のひとりが、情けない声で叫んだ。騎士が指さす先、固く閉ざされた城門の向こう、立ち並ぶ住居の屋根を飛び越える人影がいくつか視認できた。

　人影は住居の上を飛び移って移動しているのか消えては現れを繰り返し、みるみるうちに近づいてくる。このままでは、城門を開く前にたどり着いてしまうと焦った宰相が、「城門を開けよ！」と叫んだ。

　門番たちが慌てて門を開こうとするが、半分も開いていないうちにたどり着いてしまった人影は、門が開くのを待つこともなくひらりと飛び越えて城内に侵入を果たした。

　国王たちは、目の前の現実が信じられなかった。防御よりも装飾性を意識して作った鉄製の門とはいえ、簡単には乗り越えられない大きさを誇っている。さらに、この門はもともと城を囲う城壁の中に通路を開けて鉄柵の門でふさぐという構造をしており、万が一敵が攻めてきたときに城門の上から矢を撃てるようになっていた。

　つまり、彼らは城を守る要ともいえる城壁を、いとも簡単に飛び越えてしまったのだ。

軽い着地音を響かせて、三人の男と、ひとりの女性が国王たちの前に立つ。

灰色地に赤の差し色が入った騎士服を纏うのは、ルーベル騎士団マローナ派遣隊の隊長を務めるアルヴィン。女王の兄だ。ルーベル騎士団とマローナの繋ぎ役として、夜会や晩餐会といった社交に何度か顔を出している。燃えるような赤毛に新緑の瞳という相反する色を持ち、三十代後半とは思えない若々しさと、それでいて年相応の貫禄を身につける彼は、マローナの女性たちの視線を釘付けにしていた。

アルヴィンの両脇に立つふたりの男は、それぞれ、白と青の騎士服を纏っていた。

白い騎士服の男は、陽の光を受けてきらびやかに輝く金の髪と、満点の星空を詰め込んだようにきらめく青い瞳を持っており、少々幼さの残るその顔は、神の創りたもうた芸術かと問いかけたくなるほど美しかった。

ただ、なぜだろう。完璧なバランスのもとに成り立つ美しい顔に浮かぶ微笑みは、見るものの背筋を凍らせた。

もうひとり、青い騎士服の男は、灰色がかった焦げ茶の髪と、夕焼けを目前にした太陽を思わせる赤味の強い金の瞳をしていた。三人の中で一番若いのかまだまだあどけなさを残しているが、放つ空気に隙などなく、ただ淡々と、目の前の自分たちを捉えているのが不気味だった。

ルーベルの騎士に恥じない迫力を放つ三人の背後には、女性がひとり控えていた。アルヴィンと同じ燃えるような赤い髪をハーフアップにし、こちらに興味すら抱いていないのか、つり上がり気味のルビーの瞳は伏せられている。少々気の強そうな印象は受けるものの、ルーベル国民らしい美しい容姿をしていた。

　この場で唯一の女性だが、ルーベル女王と相まみえたことのあるマローナ国王は、彼女が女王ではないと知っていた。

「これはこれは皆様おそろいで、お出迎えありがとうございます」

　アルヴィンが胸に手を当てて膝を軽く折ると、周りに控える者たちもならって膝を折った。

　背後の面々が同じように膝を折るのを気配で察知したが、マローナ国王は動かなかった。マローナとルーベルは対等な関係を築いている。ゆえに、国王である自分が頭を下げることはない。

「ルーベルの女王が我が国を訪れるというのだ。出迎えて当然だろう」

　緊張でこわばる顔を必死に動かして、マローナ国王は精一杯にこやかな表情を作った。

「それで、ルーベル女王はどちらに？」

　国王が問いかけると、隣に控える宰相が不思議そうにこちらを見た。アルヴィンの背後に立つ女性が女王ではないのか、と聞きたいのだろう。

「陛下なら、間もなく到着されますよ」

　アルヴィンが意味深に答え、笑みを深くした、そのとき。

「キエエエエッ！」

　甲高い鳴き声が上空から聞こえてきた。鳴き声に聞き覚えがあった国王がもしやと見上げれば、雲ひとつない空に大きな翼をはためかせる鳥の姿があった。

「あれは……鷹かなにかか？」

「それにしては、ずいぶんと大きいような……」

背後の面々から戸惑う声が響いてくる。それもそうだろう。こうやって疑問を口にしている間にも、鳥の姿がどんどんと大きくなっていくのだから。

常軌を逸した鳥の巨大さに気づいた大臣たちが、情けない悲鳴を上げながら場内へと逃げていく。国王も許されるなら一緒に逃げ出したかったが、国の長として他国の人間に情けない姿は見せられないと、気合いでその場に留まった。

目の前まで降りてきた巨鳥は、地面へと引っ張る力にあがなうように大きく羽ばたいてから地面に降り立った。巻き起こる強風で羽織っていた毛皮のガウンが大きくなびく。重たいはずの王冠が紙のように吹き飛ばされるのではと心配になるほどだった。

家一軒と同じくらいの大きさを誇る巨鳥の背後には、やはりと言うべきか、人影がふたつ確認できた。巨鳥の首もと、翼の付け根あたりに、赤い騎士服を着た男と、彼に支えられるように少女がまたがっていた。

最初に動いたのは赤い騎士服を纏う男。ひらりと巨鳥の背中から降りた彼は、焦げ茶の髪と見事な金の瞳を持っており、美しい顔をしていながらしなやかな身体つきは、まるで物語の世界から現れた騎士のようだった。けれど、物語の世界のような甘さは微塵もなく、主の害になると判断すれば戸惑いなくその存在を消す冷酷さがわずかに覗く——いや、きっと見せつけているのだろう。余計なことは考えるなという牽制なのだ。

赤い騎士服の男が少女へと手を伸ばすと、巨鳥は顔を地面に伏せるように上体を降ろした。背に乗る少女が降りやすいように、という気遣いからの行動だろう。少女がバランスを崩して落っこちたりしないよう、慎重に動いているのが見ていてわかった。

赤い騎士服の男の手を借りて、少女は地面に降り立つ。夜会用ではない、乗馬用の装飾の少ないドレスを身に纏った少女は、ハチミツ色の髪をほのかな風になびかせ、ぱっちりとした新緑の瞳でこちらを見つめていた。

この場に立つ誰よりも幼い少女。庇護欲をかき立てるような、不思議な空気を放つ彼女こそが、ルーベルの女王だ。

「マローナ国王自らお出迎えいただけるなんて、大変光栄に思います。こうやって直接お話しするのは初めてですね。ルーベル国女王、セラフィーナと申します」

楚々とした淑女の礼をした女王に自らも挨拶を返した国王は、彼女の手を取り甲に口づけを落とした。そのとき、手の甲でほのかに輝く百合の入れ墨——王華が咲いていることに気づいた。

代々、女王の身体のどこかに現れるという王華。それこそが、女王の証。誰よりもか弱い存在でありながら、亜種という最強の力をその手に統べる証だった。

マローナ王城内へやってきたセラフィーナは、長方形のテーブルが面積のほとんどを占めている部屋に通された。晩餐会などで使う部屋なのだろう。壁紙に金を多用したり、唐草模様の真っ赤な絨毯など、とにかく目がちかちかする部屋だった。

ルーファスに椅子をひいてもらって腰掛けたセラフィーナは、無事、ここまでたどり着くことができたと密かに安堵の息を漏らした。

実は、ルーベル騎士団の宿舎からマローナ国王城まで、結構な距離があったために、どうやって移動するかで一悶着があったのだ。

誰かに抱っこしてもらうか、きーちゃんに運んでもらうか。もちろんセラフィーナは迷わずきーちゃんを選んだわけだが、他国の要人の前に鳥かごで登場というのはちょっと舐められそうだよね、というエリオットの一言により、背中にまたがっての移動となった。

しかし哀しいかな、セラフィーナは長時間きーちゃんの背中にまたがっていることができない。途中で鳥かごから乗り換える事などできるはずもなく、苦肉の策で背後からルーファスに支えてもらう事になった。

移動中のことを思い出したセラフィーナは、思わず胸に手を置きそうになって、必死にこらえた。

正直に言おう。きーちゃんに乗っている間、ずっとルーファスが背中にくっついていたのだ。胸がドキドキするなんてものじゃない、酷使しすぎた心臓が止まってしまうのではないかと危惧してしまうほど激しい動悸がした。

しかも普段は自分からぺらぺら話すほうではないはずなのに、今日に限って耳元でなにかと話しかけてきて……思い出すだけで、耳がくすぐったくなってきた。

　このままでは顔に熱が集まってしまう。危惧したセラフィーナは慌てて移動中の記憶を一時消去した。

　セラフィーナが安堵したり悶絶したりと自分の世界に浸っている間に、テーブルにはお茶の用意が完了していた。注ぎ終わったお茶を置くアグネスに、目線だけで礼を言う。

「このたびは、このような改まった場を用意してくださり、ありがとうございます」

「いえいえ。女王自ら我が国へ足を運んでいただいたのですから、最低限のもてなしはさせてください。ささ、長い移動で疲れたことでしょう。まずはひと息ついてください」

　国王に勧められるまま、セラフィーナはお茶をいただいた。一緒に並ぶチョコレートケーキも迷わず口にする。

　他国では王族が口にするものはすべて毒味が行われるというが、ルーベルではそんな必要はない。というのも、ルーベル国民に効く毒がないからだ。新種の毒を使われていたらわからないが、現存する毒はすべて効かなかったという研究結果がでていた。この目で論文を読んだから間違いない。わざわざ複数人で実食したのだと読んだとき、どんな食い道楽だよ、とつっこんでしまったのはいい思い出である。

　チョコレートを練り込んで焼き上げた生地で、チョコレートを混ぜたクリームを挟んだケーキは、見た目よりもずっとあっさりした味わいだ。清涼感のあるハーブティーがよく合った。

「ケーキもお茶も、とてもおいしいですわ」

にっこりと笑みを浮かべて礼を述べてから、セラフィーナは本題に入った。

「アルヴィンから報告をもらったのですが、ルーベルの騎士に村の制圧を依頼されたとか。村と呼んでいるのですから、小さな集落なのでしょう？　わざわざルーベルの騎士を使う必要があるのか、いささか疑問なのです」

「女王の懸念も当然のことと、我々も理解しております。ルーベルから派遣される騎士は治安維持のみを行い、政治的な闘争や他国との戦争に一切関与しない。ルーベル騎士団の行動理念は重々承知いたしております」

「でしたら、今回のような依頼がなぜ舞い込んできたのか、きちんと説明してくださいますよね？　なんでも、村が存在する場所は国境近くの山の中だそうですね」

　カップをソーサーに戻して、セラフィーナは目を細めた。にらみつけてこそいないが、嘘偽りは許さないという気迫をこめて見つめれば、国王は一瞬表情を引きつらせたものの、すらすらと話し出した。

「もともと、あの山はマローナ国が治めていた土地なのですが、あまりに険しい山でしたので、ほとんど手つかずだったのです。そこへ、いつの間にか流浪の民が住み着きまして、我が国は最初、彼らを排除しようといたしました。しかし彼らが持ってきた工芸品がとてもよい品だったので、それを税として納めてもらうことで一応の決着がついたのです。それが約、二百年ほど前の話です」

　マローナが国としてできあがったのは、二百数十年前だとセラフィーナは記憶している。ここまでの話にとくに矛盾はないようだ。

「山の奥でひっそりと暮らす彼らに、我々も不必要に干渉したりせず、工芸品のみを受け取っておりました。それが最近になって税として工芸品を納めることを拒否したあげく、話し合おうと差し向けた使者を山に入れることすら拒むのです」

「山に入ることすらできないのですか？」

「とても険しい山で、限られた場所からしか入っていけないのです。そこに村人たちが待ち構えていて、攻撃してくるのです。石や枝を投げたり……ひどいときは矢が飛んできたこともありました」

「護衛の騎士はいなかったのですか？」

確かに矢を射かけられてはたまらないが、こういうときのための騎士である。いくら武器を持っていても、村人相手に遅れを取るはずがない。

しかし、相対する国王は、沈痛な表情で答えた。

「それが……護衛に連れていた騎士だけでは歯が立たなかったそうなのです」

「歯が立たない？　相手は、村人ですよね？」

「はい。ルーベル国民ほどではないとはいえ、村人たちは私どもより高い身体能力を有しているようで、一対一ではとうてい敵いません。だからといって、国境でもある山に一隊を差し向ければ、国際問題になりかねません。それで仕方なく、ルーベルの騎士を頼ったのです」

「つまり、少数精鋭のルーベルの騎士が山に赴き、抵抗する村人たちを無力化してほしい、ということですか」

マローナ国王は「その通りです」と大きくうなずいた。

「村人を排除してほしいわけではないのです。ただ、話し合いの場を設けるためにも、村に入りたいだけなのです」

国王の話に不審な点はない。村人を排除するつもりはないという言葉を信じるならば、ルーベル騎士団の活動理念に反してもいなかった。

「……わかりました。では、ルーベルの騎士を問題の山へ派遣いたしましょう」

ほっとした顔で礼を述べるマローナ国王に笑顔を向けながら、セラフィーナはひっそりと、現地での調査結果いかんによっては村人側につくけどな、と決意していたのだった。


事情を聞くという目的が果たされたのだから、いつまでも女王が滞在する必要はない。そうアルヴィンが主張したことにより半強制的に会談は終了し、セラフィーナは晩餐室からでた。

そのときだった。

「国王陛下、そちらはもしや、ルーベル女王陛下でございますか？」

廊下(ろうか)にひとりの男性が立っていた。歳(とし)はジェロームと同じくらいだろうか。マローナ国王と同じ薄い金の髪を持つ彼は、宵闇(よいやみ)を思わせる濃紺(のうこん)の瞳を柔らかく細めてセラフィーナを見つめていた。

「これっ、エルネスティ！　ルーベル女王を前にしてなんという無礼なことを……きちんと挨拶(あいさつ)をせんか！」

国王に叱責(しっせき)された男性――エルネスティは、胸に手を当ててわずかに頭(こうべ)を垂れた。

「これはとんだ失礼を。どうか、お許しください」

「息子が失礼を働きました。こやつは第一王子のエルネスティと申します」

国王の紹介を聞いて、セラフィーナは「第一王子？」と首を傾(かし)げた。

「確か、村の交渉役として、王太子が山に常駐していると聞いておりましたが……戻ってきたのですか？」

「王太子の位には私ではなく弟の第二王子が就(つ)いております。私は妾腹の子ですので」

ひょうひょうとした笑顔で、エルネスティはあけすけに内情を語った。案(あん)の定(じょう)、国王からさらなる叱責が飛ぶ。「事実じゃないですか」と反論するあたり、まったく響いていなかった。

「それよりも、部屋から出てきたということは、会談は終わって女王陛下はお帰りになるのでしょう？　私、前庭でおとなしくしている巨鳥に興味がありまして。是非、女王陛下をお見送りする役目を仰(おお)せつかりたいのです」

突然の申し出に国王は難色を示したが、「国王陛下や宰相(さいしょう)殿はいろいろと仕事が詰まっているでしょう。ここは暇をもてあましている私が引き受けますよ」とこれまた遠慮(えんりょ)のかけらもなくのたまった。

「私はそれで構いませんよ。こちらの都合に付き合わせてばかりでしたし、どうぞ、私のことはお気になさらず」

　このままではまた叱責が飛びそうなのでセラフィーナが申し出れば、マローナ国王は渋々といった風を装ってうきうきとその場を去って行った。宰相や大臣たちも我先にと後に続き、残ったのはエルネスティのみ。

　国王たちを見送っていたエルネスティは、彼らの姿が見えなくなると、おもむろにこちらを振り返った。

「正直すぎる人達で申し訳ありません。女王陛下が乗ってきた巨鳥が恐ろしいみたいです。まぁ、それだけではないのでしょうけど」

　ひょうひょうとした空気はそのままに、わずかに不敵さが加わる。エルネスティの雰囲気の変化に、ルーファスたちが反応した。

「おおっと、そんな怖い顔をしないでください。私だって、亜種が恐ろしいんですから。ただ、あの人たちほど愚かではありません」

　引っかかりを覚えたセラフィーナが「それは、いったいどういう意味ですか?」と問いかけると、エルネスティは「詳しくは、移動しながら話しましょう。巨鳥が待っていますし」と先へ進むよう促した。どうやら、本当にきーちゃんの事が気になるらしい。

　急かされるままセラフィーナたちが歩き出すと、斜め前を歩くエルネスティが、前を向いたまま語り出した。

「今回、制圧を頼んだ村について、女王陛下の耳に入れておきたい情報があるんです。村人が突然反抗的になったのは、強いリーダーが現れたからなんですよ」

セラフィーナも前を向いたまま、視線だけエルネスティへと向けて「強いリーダー？」と問いかけた。すると、彼はちらりとこちらを振り返って意地悪く笑った。

「リーダーの身体能力はずば抜けて高く、村人たちは彼を先祖返りと呼んでいるそうです。まるで、あなたたちで言う亜種返りのようですね」

目を見開いたセラフィーナが「まさか……」と言いかけたものの、それを打ち消すようにエルネスティが「さぁ、巨鳥がお待ちかねですよ！」と声を張り上げた。

いつの間にか城の入り口までたどり着いていたようで、扉を守っていた騎士がセラフィーナたちに会釈(えしゃく)をしてから前庭へと続く扉を開いた。

前庭に出ると、きーちゃんが扉のすぐ前に設置された噴水のオブジェに足を乗せて待っていた。前庭の噴水は、城へやってきた馬車が噴水の周りを回ってそのまま城門へ戻れるよう、設置されたものだった。用途から考えても、そこそこの大きさがあるはずだが、きーちゃんは翼を折りたたんだままぴょんと跳ねて地面に降り立った。

「クウ、クウ」

甘えた声を出して、近づいてきたセラフィーナに顔をすり寄せる。きーちゃんのふかふかの首回りを撫(な)でながら、セラフィーナはお利口に待っていたことを褒(ほ)めちぎった。

「うわぁ～、すごいなぁ。本当に懐いているんですね」

気の抜ける声に振り向けば、エルネスティが興味津々(しんしん)でこちらを見つめていた。ふたりの時間を邪魔されたのが気にくわなかったのか、きーちゃんが低くうなった。

「おっと、そういうところまで他の面々と同じなんですね。巨鳥が鳥の世界の亜種、という仮説は間違っていないようだ」

跳びずさったエルネスティは、敵意はないとばかりに両手を頭の横にかざした。

「これ以上女王陛下の貴重な時間を邪魔するわけにはいきませんね。私はこのあたりで失礼するといたしましょう。あなたに何かがあると、冗談抜きでこの国が滅びますから、帰りの道中もお気を付けください」

最後まで歯に衣(きぬ)着せない物言いのエルネスティに若干呆(じゃっかんあき)れながら、セラフィーナはルーファスの手を借りてきーちゃんの背に乗った。

「わざわざお見送りしていただき、ありがとうございます。あと、貴重なご意見も、是非今後の参考にさせていただきます」

村人たちは、もしかしたら亜種に関係しているのかもしれない。ルーベル国民でなくとも、きーちゃんのような、別の形で発生した亜種という可能性もある。

セラフィーナの答えは、エルネスティにとって満足のいくものだったのだろう。歯を見せて笑っていた。

なんとなく踊らされているようで悔(くや)しいなと思っていたら、背後にルーファスがまたがった。

「それでは陛下、出発いたします」

背中に温もりが密着したかと思えば、耳元で低くかすれた声が響いた。不意打ちだったのもあり、背筋がぞわりとして身をこわばらせる。そんなセラフィーナが落ちないよう、ルーファスは腕を前へ伸ばしてきーちゃんの首もとの羽をつかんだ。

羽をつかんだことで、準備がすんだと判断したのだろう。きーちゃんがゆっくり身を起こし、身体を支えきれなかったセラフィーナはルーファスの胸にさらに体重を預ける形になった。

いたたまれなくて、セラフィーナは身を起こそうとしたが、それをとがめるように、ルーファスが片手を腹にまわして引き寄せた。

「ル、ルーファス……！」

「大丈夫です、陛下。そのまま私に身を預けてください」

すでに一杯一杯のところに耳元でささやかれ、とうとうセラフィーナは撃沈したのだった。

ルーベル騎士団宿舎の鍛錬場まで戻ってきたセラフィーナは、きーちゃんから降ろしてもらうなり地面に突っ伏した。

「も……もう、無理……動けない……」

四つん這いで手足をぷるぷるさせる様子はまさに生まれたての子鹿だ。女王の不細工な姿をルーファスたちが愛でる中、初めて目にするアルヴィンは驚きの表情を浮かべた。

「たかだか巨鳥にまたがるだけで、本当にセラフィーナは脆弱だね。いや、あっぱれ」

なにがあっぱれなのか、問い詰めたい気持ちは山々だというのに、セラフィーナは身を起こすことすらできない。手足だけでなく、お腹回りの筋肉も限界なのだ。ちょっと動かしたらつってしまう自信がある。

「ふむ。この状態ではなにもできないだろうし、セラフィーナを部屋で休ませよう。誰か運んでやってくれ」

アルヴィンの指示に従って、すぐ側に立つルーファスが動こうと片足をひくのが見えた。

「エ、エリオット！　お願いします！」

四つん這いのまま顔を上げたセラフィーナは、少し離れた位置に立つエリオットを見つめて叫んだ。が、その動きだけで全身の筋肉が限界を迎えたらしく、べしゃっと地面に倒れた。

顔から倒れ伏したままのセラフィーナを見つめて、微妙な沈黙が鍛錬場に流れる。

「……わかった。じゃあ、エリオットが運んでくれるかい。アグネスは先に部屋へ向かって準備を。ルーファスとハウエルくんは私と一緒に来てくれ。今後の方針を相談しよう。アグネスとエリオットも、用が終わったらこちらへ来るように」

アルヴィンの指示に従って、ルーファスたちが動き出した。エリオットがセラフィーナを抱きあげる頃には、鍛錬場には誰の姿もなかった。

無意識のうちにほっと息を吐いていると、エリオットが「まったく……」と嘆息した。

「こういうときに頼ってくれるのはうれしいけれど、同時に微妙な気持ちになるね。陛下の中で、僕はいったいどういう位置づけなのかな」

突然なにを言い出すのか。理解できずエリオットを見つめたが、彼はセラフィーナをしばし見つめたあと黙って前を向いて歩き出してしまった。

セラフィーナの私室は共有施設が揃う宿舎の最上階に用意されていた。最上階は王族とその専属護衛のみが使え、下の階に降りずに生活できるよう、ひととおりの設備が揃っていた。

部屋に入ると、すでに準備を終えたらしいアグネスが待っていた。彼女の手を借りながら、エリオットはセラフィーナをベッドに降ろした。

「それでは、わたくしは先にお父様のところへ向かいますね」

「あぁ、うん。僕ももう少ししたら向かうから。お茶の用意でもしておいてよ」

「かしこまりました」と返事をして、アグネスは部屋を出て行く。

もうセラフィーナはベッドに横になったのだから、エリオットも一緒に行けばいいのでは。と疑問に思っていると、彼が振り返った。

「……ひいっ」

エリオットの顔を見て、セラフィーナは引きつった悲鳴を上げた。据わった目で細い月のように唇の端をつり上げる様は、闇のそこから這い出てくる悪魔そのものだ。

なぜだかわからないけれど、エリオットが怒っている！

本能で察知したセラフィーナは、アグネスが胸元までかけてくれていた毛布を握りしめて顎のあたりまで引き上げた。

「そんなにおびえなくていいよ、怒っているわけではないから。ねぇ、僕と陛下って、夫候補のなかで一番付き合いが長いじゃない」

セラフィーナは黙ってうなずいた。

エリオットはもともと侯爵家の子息だ。セラフィーナが物心つく頃には夫候補兼遊び相手として一緒にいた。ルーファスは男爵家の子息だったため、エリオットより数年遅れてセラフィーナの前に現れた。その頃には、ふたりの立場は夫候補兼遊び相手兼護衛という、どれかひとつに絞（しぼ）れよ、と言いたくなるような状況だった。

「陛下にとって、僕が限りなく家族に近い位置にいるっていうのはわかっているし、それでいいと思っていたんだけど……ルーファスばかりにリードされるのは面白くないんだよね」

そう言ってベッドに乗り上がってきたエリオットは、セラフィーナの頭を囲うように両手を左右についた。

「えっ⁉　ちょ、エリオット⁉」

突然の行動にセラフィーナは慌てふためいた。エリオットにしてもルーファスにしても、距離がやたらと近い事はいままでにもままあったが、こうやってベッドに乗り上げてくることはなかった。ましてや、両腕の中にセラフィーナを閉じ込めるなんて、考えられない暴挙だ。

「エリオット、女性のベッドに乗るなんて紳士のやることではないわよ。早く降りて！」

「僕は陛下の夫候補だよ。近い将来、こんなことは日常茶飯事（さはんじ）になる」

「こんな、こと？」

つぶやいて、思い至ってしまったセラフィーナは顔を赤くした。見下ろすエリオットはふっと笑みを深めたが、そこに先ほどまでのおどろおどろしさは消えていた。

美しい。その言葉以上にエリオットを表す言葉がなくて、セラフィーナは状況を忘れて魅入(みい)ってしまう。性格がもっとまともであったなら——そう思わずにはいられない。

そんなよそ事を考えていたら、エリオットの顔が近づいてきた。驚いたセラフィーナが押しのけようと胸に手を伸ばしたがびくともしない。みるみる近づいてくるエリオットをどうすることもできず、セラフィーナは目をきつく閉じた。

吐息を肌で感じるほど近くまで顔を寄せたエリオットは、セラフィーナの唇——ではなく、だからといって頬(ほお)でもない、限りなく唇に近い頬に口づけを落とし、すぐに身を離した。

目を開いたセラフィーナは、口づけをされた口元を手で覆(おお)った。鏡を見なくてもわかる。いま、セラフィーナの顔は真っ赤だろう。

相変わらず両手をベッドについて自分を見下ろしていたエリオットは、静かに混乱するセラフィーナは見て、満足げに笑った。

「いいね、陛下。僕が君にとってどういう存在か、もっとよく考えて」

答えなど求めていないのか、エリオットは言うだけ言ってベッドから降りると、そのまま部屋を出て行った。

取り残されたセラフィーナは、いったいさっきのはなんだったのかと考えようにも、動悸(どうき)や息切れに加えてめまいまで起こっていまい、働かない頭を抱えたまま目を回すように意識を失ったのだった。

エリオットがアルヴィンの執務室に入ると、すでに全員がソファでくつろいでいた。

アルヴィンが一番奥のひとり掛けソファに座り、左右の三人掛けソファにそれぞれハウエルとルーファスが座っていたため、エリオットはルーファスと同じソファに腰掛けた。

エリオットが腰を落ち着けるのを見計らって、アグネスがお茶をテーブルに置いた。

「ご機嫌ですね」

「あぁ、わかる？　危機感の足りない陛下に、ちょっとした意趣返しをしてきたんだ」

「意趣返し？」と、ルーファスが目を細める。

「陛下を傷つけるようなことはしていないだろうな」

「するわけないじゃん。ただ、そうだなぁ。しばらくの間、陛下はハウエルを頼るんじゃないかな」

突然話を振られたハウエルは「俺？」と面食らった。

「君は夫候補のなかで一番陛下と過ごした時間が短い。でも、それはある意味有利だと思うよ。僕みたいに近すぎてもだめなんだよね。まぁ、今回のことで家族じゃないって気づいてくれただろうけど」

「エリオット……陛下になにをした？」

いつもセラフィーナを甘く見つめている金の瞳が、鋭くエリオットをにらみつける。一触即発な空気だが、エリオットは鼻で笑った。

「べつに、ルーファスがやっていることとそう変わらないよ。最初に仕掛けたのはそっちでしょ。必死すぎ」

「……どういう意味だ？」

「亜種返りであるルーファスは陛下を誰かと共有することはできない。諦めていたところに、陛下自身が複数の夫を持つことに抵抗があると知って、自分だけで独占できるかもしれないと希望を持ったんだろう」

「俺は陛下の夫候補だ。選んでもらえるよう努力をしてなにが悪い」

「悪いなんて言っていないじゃないか。ただ、僕も君と同じように努力しただけ。文句を言われる筋合いはないね。せいぜい、自分を選んでもらえるよう必死に努力すればいい」

「言われなくともするつもりだ。お前こそ、やり過ぎて陛下に嫌われないよう、気をつけることだな」

「はっ、それこそ余計なお世話だね」

話は終わりとばかりに、ふたりは互いに顔をそむけた。

「……あのさぁ、ここでいがみ合ったって、結局決めるのは陛下なんだし、この状況を陛下が知ったら、自分がはっきりしないせいで、とかなんとか考えて落ち込んじゃうんじゃないか」

至極(しごく)真っ当なハウエルの意見に、ルーファスとエリオットは渋面(じゅうめん)を浮かべて彼へと顔を向けた。

「君の言うことは正論だ。でも、そういう一歩退いて常識を唱えるところが気に入らない」

「そうだな。そういうところを陛下が評価し、頼っているのだと思うと、素直に受け入れがたいな」

「…………もういい。好きにしてくれ」

あきらめたハウエルは、お茶菓子のショートブレッドを口にしたのだった。


セラフィーナが目を覚ましたのは、昼食の時間をとうに過ぎた頃だった。すぐに部屋に入ってきたアグネスの手を借りつつ身だしなみを整えると、食堂に昼食が用意してあると教えてくれた。

「アグネスたちは先に食べたの？」

自分ひとりであれば、部屋でいただいてもいい。そう思って問いかければ、彼女は首を横に振った。

「わたくしだけでなく、他の皆様もまだいただいておりませんわ。陛下がお休みの間、今後の打ち合わせをしながらお茶をいただいてしまいましたので」

お茶にはお茶菓子が必ずついてくる。もしかしたら気をつかってお茶の時間を設けてくれたのかもしれないが、お腹をすかせてまで待っていたわけではないとわかり、セラフィーナは少しほっとした。

アグネスの案内で同じ階にある食堂へやってくると、長方形の食卓にはすでにルーファスたちが席に着いていた。

一番奥の席に移動しようとして、ふと、部屋の雰囲気がいつもと違う気がして足を止めた。食卓に着いているのは、ルーファスとエリオット、ハウエルの三人と、アルヴィンだ。彼らの様子に特段おかしなところはない。きっと初めての場所だから落ち着かないだけだろうと判断したセラフィーナは、自分に用意された席へと移動を再開した。

「ほら、陛下に不審がられているじゃないか」

「はいはい、すみませんね」

「……善処する」

ハウエルがルーファスとエリオットを密やかにしかりつけるのを、幸いというべきかセラフィーナは気づかなかった。

セラフィーナが席に着いたところで、料理が運ばれてきた。マローナは山の資源に恵まれた国で、出てきた料理も山菜やキノコをふんだんに使っていた。独特の臭みというか癖があるが、ルーベルから連れてきた料理人が作っているため、セラフィーナの口にも合った。

「マローナの豊かな山は、山の幸だけでなく鉱石もとれるのよね？」

セラフィーナの問いに、アルヴィンがうなずく。

「採掘した鉱石を加工する技術もずば抜けていてね。マローナの宝石は世界的に有名だ。とくに、アルヴァジュエリーと銘打たれている宝飾品は高値で取引されている」

「……アルヴァ？」

どうしてだろう。その名を最近聞いた気がする。

「アルヴァジュエリーを名乗れるのは特定の職人が作った作品だけなんだそうだ。どこの誰がどのように作っているのか、マローナ側が秘匿していてわからない。ただ、アルヴァジュエリーの名を冠する作品は、どれも宝石の輝きが違うよ」

アルヴィンの説明を聞きながら、セラフィーナは頭に浮かんだ可能性を否定した。もしもセラフィーナの知るアルヴァと、アルヴィンが話すアルヴァに関係があったとしたら、あんな事態は起こらなかっただろう。これ以上考えても時間の無駄だと、セラフィーナは食事に集中することにした。

「今後の方針について、セラフィーナが休んでいる間に話し合ったんだけど」

アルヴィンがそう切り出したのは、食後のデザートが出てきたときだった。

皿に取り分けたトライフルを口にしたセラフィーナは、リキュールに浸したスポンジ生地と酸味がきいたフルーツにクリームが絡まる魅惑のデザートに舌鼓をうちつつ、目線で先を促した。

「場所が国境に近いことから、マローナの要求通り少数精鋭で行動しようと思う。というか、私たちだけで向かう」

「私も一緒に行っていいんですか?」

セラフィーナとしては願ったり叶ったりだが、戦闘が起こるかもしれない危険地帯だからと近づかせてもらえないと思っていた。

　アルヴィンとしても、苦渋の決断だったのだろう。厳しい表情でうなずいた。

「エルネスティ殿下が言っていただろう。村には先祖返りと呼ばれる者がいると。もしもそれが亜種かそれに近いものだった場合、セラフィーナの存在を知ってなにかしら向こうから接触してくるかもしれない。穏便に事が済むなら、それに越したことはないからな」

　アルヴィンたちも自分と同じ懸念を抱いてくれたことが心強くて、セラフィーナはいつの間にか詰めていた息を吐いた。

「私で役に立てることがあるなら、是非、ご一緒させてください」

　こわばっていた身体をほどきながらセラフィーナが微笑むと、アルヴィンや他の面々も笑顔でうなずいた。

「あぁ、セラフィーナが来てくれると助かる。危険があるかもしれないが、私たちが全力で守ろう」

「ご安心ください、陛下。何人たりとも、あなたを傷つけさせたりいたしません」

「大丈夫だよ、陛下。先祖返りって奴が亜種だったら陛下に危害は加えないだろうし、それ以外なら僕たちの敵じゃない」

「囮とまではいかないが、陛下の存在に気づいてもらえるよう、前に出てもらうことになると思う。でも、俺たちが全力で守るから、信じてほしい」

「わたくしもご一緒いたしますから、野営の心配はいりませんよ。脆弱な陛下が身体を壊さないよう、最高の環境をそろえてみせますわ」

「うん。みんな、頼りにしてます」

五人それぞれの想いが詰まった言葉に、セラフィーナは笑顔で応えるのだった。


まだ夜も明けきらぬ早朝、セラフィーナたちは問題の山へ向けて出立した。

例に漏れず防寒着と毛布にくるまるセラフィーナを乗せた鳥かごが、きーちゃんによって高く飛び上がる。山が近いからか、太陽はいまだ顔を出しておらず、東の地平線の空が青白く染まっていた。西を振り返れば、真っ暗な夜の闇がそこにあって、自分がいま、朝と夜の狭間にいるのだと実感した。

マローナは山に囲まれた盆地に存在する小さな国だ。ゆえに、国境付近といえども日が昇りきる頃には目的地にたどり着いた。いったん、山から十分な距離をとったところに降り立ち、テントを張って野営の準備をする。きちんと拠点を確保してから、徒歩で山に近づいた。ちなみに、セラフィーナはハウエルが運んでくれた。他のふたりのように高く飛び上がったり景色を楽しめない速度で駆け抜けたりしない、安心安全な移動だった。

問題の山は、ふたつの大きな河の間に存在し、まるで向こう側——隣国へ向かうことを阻むかのようにそびえ立っていた。遠くから見てもわかる急勾配っぷりはもはや壁である。山へ入る道が限られてくるというのもうなずけた。

「この山は国境もかねているけれど、調べたところ、山を越えたところで隣国には行けないそうだよ」

　そう言って、アルヴィンが広げたのはこのあたりの地図だった。大きな河がふたつに分かれており、股の部分にこの山があるらしい。

「この地図は、マローナのものですか？」

「いや。このあたりの詳しい地図はなぜだかマローナに出回っていなくてね。これは隣国から取り寄せたものだ。ちなみに、隣国を内部調査した結果、マローナに攻め入る準備や工作をしているそぶりはなかった」

　二国間の戦争に利用されたわけではないとわかり、セラフィーナはひとまずほっとした。とはいえ、まだまだわからないことばかりのこの状況で、安心などしていられない。

「このあたりで王太子が野営しているらしいね。とりあえず、情報収集もかねて挨拶していこうか」

　アルヴィンが指で示したのは山の麓の平野だった。遮るものもない場所に野営しては、村人にすべて筒抜けではないか。指揮しているという王太子は、ちゃんと考えて行動しているのだろうか。少し不安を覚えた。

　そしてその不安は、最悪なことに的中した。

「ふんっ、ルーベルの力なんぞ借りずとも、私たちだけで解決できる。そもそも、この地にルーベルの騎士は立ち入らぬ約束だったではないか。どうしてここにいる」

　ひときわ大きなテントの中、椅子に座る王太子は執務机に両足を載せてふんぞり返った姿勢で言い切った。

「私たちは、マローナ国王より要請を受けてこちらにいます。約束を違えてなどいません」

「これぐらいのことで怖じ気づくなど、父上もなんと情けない。事情はわかったが、わざわざ女王自らおいでになる理由は？　なにか他の目的があってやってきたのではないのか？」

　立場としては女王であるセラフィーナの方が上なのだが、どうしてこんなに偉そうなのだろう。

　比較できるほどたくさんは見ていないが、セラフィーナがいままで出会った権力者というのは、だいたい二種類に分かれていた。

　ルーベルの危険性をきちんと理解して対応しようとするものと、ルーベルがどうとか周りがどうとかではなく、とにかく自分は偉いのだと信じて疑わずに威張り散らすもの。

　マローナの王太子は、どうやら後者らしい。この人が国王になった暁には、騎士の派遣を見直すべきだろう。セラフィーナは密かに決意した。

「私は、マローナがルーベルの騎士の行動理念をきちんと理解して要請を出しているのか、確認するために来たのです。彼らは私の騎士です。不当な扱いは決して許しません」

　毅然と言い切ったセラフィーナを、王太子は鼻で笑った。

「なにもできない女王が、偉そうなことを。俺はルーベルの騎士なんぞ必要ないと言っている。

さっさとその大切な騎士を連れて国へ帰るがいい！」

「お断りします」

セラフィーナは顎をつんと持ち上げ、いまだ座ったままの王太子を見下ろし、きっぱりと言い切った。

「私たちは、この国の最高権力者であるマローナ国王の要請を受けてここにいるのです。ただの現場監督でしかないあなたの指示を受ける必要はありません」

逆らうとは微塵も思っていなかったらしい王太子は、見る間に顔を赤くした。

「出て行けぇ！」

叫ぶと同時に立ちあがり、机に拳をたたきつける。大きな声と音だったが、国の長として立つセラフィーナは間違ってもおびえたりはしない。それが余計にしゃくに障ったのか、王太子は怒りの形相を浮かべて歯を食いしばった。

「指揮官は私だ。お前たちがこの場に留まることは許さん。さっさと出て行け！　二度と近づくな!!」

「わかりました。私たちは私たちで動きます。では、ごきげんよう」

怒りに震える王太子をあざ笑うように、セラフィーナは楚々とした淑女の礼をしてテントを後にした。

少数精鋭と聞いていたわりに、ずいぶんと大がかりな野営地を歩いていると、隣を歩くアルヴィンが声をかけた。

「しばらく見ないうちに、ずいぶんと女王らしくなったじゃないか。兄さんはうれしいよ」

冗談めかした言葉に、セラフィーナは気が抜けて顔をほころばせた。

「私なんて、まだまだ勉強中の半人前女王です。でも、だからといって他国に舐められては国の不利益になりますからね。はったりだろうと毅然と立ち向かいます」

そこまで話して、セラフィーナは「あぁ」とあることに気づいた。

「私があういう人達と真正面から向かい合えるのは、みんなが絶対守ってくれるって信じているからなんですよ」

いたずらが成功した子供のように、セラフィーナは明るく笑う。予期せぬ信頼の言葉に、ルーファスたちが言葉も失って感激する中、アルヴィンだけは「それは違いない」と声を上げて笑ったのだった。


一度自分たちの野営地まで戻ってきたセラフィーナたちは、昼食がてら今後のことを相談することにした。

「結局、王太子側から有用な情報は得られなかったわね」

野菜のうまみが溶け込んだスープを味わいつつ、セラフィーナがぼやいた。

「あの王太子相手じゃ仕方がないよ。むしろ、僕たちを遠ざけようとしていた気がする」

「遠ざける？」とセラフィーナが問いかけると、エリオットは首を縦に振って説明を始めた。

「国王からの要請だって言っているのに必要ないって言い張っていたし、陛下がやってきたことにもいちいち文句を言っていたでしょう。あれって、隠していることを調べに来た、または横取りしに来たっていう警戒心の表れじゃないかな」

「言われてみれば、そうね」

王太子はとにかく「いらない」「帰れ」「出てけ」しか言わなかった。その必死さが怪しい。

「この場所にルーベルの騎士を近づけなかったのもおかしいよ。隣国との国境に近いからとかなんとか言っていたけど、隣国側からは河が邪魔して入れないじゃないか」

「つまり、あの山自体になにか秘密があるって事か？」

ハウエルの問いに答えを示せるものはここにはいない。セラフィーナも腕を組んで考え込む。

答えの見つからない考察を、アルヴィンが手を叩くことで終わらせた。

「とにかく、いまはまず村人に接触してみるのが先決だろうね。会ってみれば自ずと見えてくるはずさ」

「どうやって接触しますか？　村の位置とか、わかっていませんよね？」

アルヴィンが用意した地図には山の中に集落など書いていなかった。王太子からも聞き出せなかったので、村の場所は全くの不明だった。

「さっき麓から見上げたときも、それらしいものは見えなかった。ルーファス、君はどうだい？」

「背の高い木々が生い茂って壁となり、私にも見えませんでした」

亜種返りであるルーファスは視力もずば抜けている。彼が見えないというのなら誰にも見えないだろう。

「だったら、二手に分かれて村の捜索をしようか」

「二手、ですか？」と問いかけるセラフィーナに、アルヴィンは「そう」と笑顔を見せる。

「巨鳥の力を借りて上空から村を探すものと、森を歩いて村を探すものの二手。そうだな、あの王太子が妨害に来ないとも限らないし、アグネスにはここでテントの見張りをしていてもらおうか」

「わかりました。陛下は、きーちゃんと一緒に空から偵察、ということでよろしいですか？」

「そうだね。いつも通り、巨鳥にはルーファスが乗ってくれ。エリオットとハウエルは私と一緒に森の捜索を頼む」

「待ってください、お兄様。村人はよそ者が山に入ろうとするのを妨害していると聞いています。そんな状況で、捜索なんてできますか？」

「村人が妨害に現れたら捕まえて村まで案内させればいいよ」

あっけらかんと力業を提案され、セラフィーナはがくっと肩を落とした。

「これは私の予想だけど、妨害には遭わないんじゃないかな」

にやりと、エリオットを彷彿とさせる笑みをアルヴィンは浮かべた。

「森の目の前の、とっても目立つ場所に王太子が大きなテントをいくつも並べていただろう。きっと、村人たちはそちらばかりを警戒しているんじゃないかな。国王の話を信じるなら、山へ入るルートも限られているようだしね。でも、私たちにはそんなもの関係ないだろう」

なるほど確かに、村人の数は限られているだろうから、テントを警戒するだけで精一杯の可能性は高い。身体能力に物を言わせて道なき道を進んでいけば、待ち伏せする村人たちと遭遇することもないだろう。

「それじゃあ、午後からの予定が決まったところだし、腹ごなししておこうか」

きちんといつも通り動けるように、セラフィーナはサンドイッチを頬張る。タレに漬け込んだ干し肉の旨味が口いっぱいに広がって、少し幸せな気持ちになった。


「すごぉ〜い。高〜い」

鳥かごから地上を見下ろしながら、セラフィーナは感嘆の声を漏らした。

昼食が終わるなり、セラフィーナとルーファスはきーちゃんの手を借りて野営地を出発した。きーちゃんの存在に気づかれては偵察の意味がないので、常人では視認できないほど上空を飛んでいる。きっと雲よりも高いだろう。今日はもやのような薄い雲しか張っていないため、視界が遮られることもない。

空から見る地上はすべてが小さくて、現実味がない。まるで精巧な模型を見ているようだ。

「ねぇルーファス、なにか見える？」

見つからないようにとった高度が仇になったようで、セラフィーナからも下の様子がいまいちわからなかった。緑の固まりにしか見えない山に、所々穴があいて山肌が見えるのだが、それが集落なのか湖か何かか、はたまた崖（がけ）なのかも判別がつかない。

「いくつか、村が存在しそうな広さの平野が見えます。村かどうかは、もう少し近づいてみないと確信が持てませんね」

「じゃあ、もう少し高度を落としてみる？」

「そうですね、もう少し――」

不自然に言葉が途切れたかと思えば、ルーファスが「巨鳥、避けろ！」と叫んだ。

刹那（せつな）、下から鋭い音を立ててなにかが飛んできた。それは鳥かごの中のセラフィーナの鼻先を通り過ぎ、きーちゃんの足の付け根に刺さった。

「ギエアァッ！」

聞いたことのない、低く濁（にご）った悲鳴を上げて、きーちゃんはもがき、体勢を崩す。セラフィーナが乗っていた鳥かごも大きく揺さぶられ、負傷した足では支えきれなかったのか、宙に放り投げられた。

「陛下ぁ!!」

ルーファスの必死の呼び声を聞きながら、上下をなくした鳥かごの中で、セラフィーナの身体（からだ）も宙に浮き――

地面へと落下した。

【第三章】最弱女王の奮戦

——それは、遠い遠い記憶。

「ふふふ、なんてかわいいのかしら」

——記憶というより、もはや身体(からだ)に染みこんだ記録に近いなにか。

「君と僕の娘なのだから、かわいくて当然だよ」

「お前の子供じゃない。この美しい金の髪。私の子供だ」

「なにをばかげたことを。この髪は金ではなくもっと柔らかなハチミツ色だ。よって俺の子供だ」

言い争う男たちに、女性は慌てることなく「あらまぁ」とおっとり笑った。

「誰の子供だっていいのよ。大切なのは、この子が私たちのもとへ来てくれたということ。みんなで目一杯愛情を注いでね」

温かいなにかが、頬(ほお)に触れた。髪を撫(な)で、眉(まゆ)をなぞり、手を握る。

「愛しているわ、セラフィーナ」

全身に染みいるような、優しい優しい声だった。


ふっと、セラフィーナは目を覚ました。

夢を見ていた気がするのに、何も覚えていない。

——ただ、とても幸福な夢だった気がする。

ぼんやりとする頭でそんな事を考えながら目線を泳がせていたセラフィーナは、意識を失う直前の自分の状況を思い出し、勢いよく身を起こした。

「いぃっ、つう……」

背中に引きつるような痛みが走り、背を丸めてやり過ごす。痛みがおさまってきたので、改めてあたりを見渡すと、どこかの部屋だった。木材を組み立てて造った家屋の一室なのだろう。窓がひとつある以外壁には飾りがなく、絨毯（じゅうたん）も敷いていない床には木目が規則正しく並んでいた。

家具はベッドサイドにある簡易テーブルをかねた戸棚（とだな）と、四人掛けのダイニング、あとは、ベッドがもう一台あるだけ。

もうひとつのベッドが膨らんでいると気づいて、誰かが寝ているのかと枕元を見れば、ルーファスが横たわっていた。

「ルーファス！」

声を上げ、背中の痛みも忘れてセラフィーナは隣のベッドへと駆けよった。ルーファスを揺すり起こそうとして、伸ばした手が触れる直前で止める。

血の気の失せた顔で、セラフィーナの声を聞いてもぴくりとも動かない瞼（まぶた）。なにより、頭や首に、包帯が巻いてあった。

おそるおそる、ルーファスの首もとから下を隠す毛布をめくる。包帯は全身を覆（おお）っていて、腕や脚にいたっては、添え木までしてあった。

「こ、こんな……」

あんな高さから落ちたのだ。背中の痛み程度の怪我で済むはずがない。セラフィーナがこうやって動けるのはすべて、ルーファスが守ってくれたから。

「ルー、ファス。ルーファス……」

震える声で呼びかけながら、触れようと手を伸ばしたものの、下手に触って怪我が悪化したらという考えが浮かんで何もできない。足から力が抜けて、そのままずるずると座り込んだ。

「こんな、こんなの、どうして……」

床に座り込んだまま両手をベッドにつき、ルーファスの顔をのぞき込んだ。か細い呼吸だけが、彼が生きていると教えてくれる。

なにかが床に落ちる音とともに、水がばらまかれた。

はじかれたように振り向けば、部屋についていた唯一の扉に、年配の女性が立っていた。運んできた水を撒き散らしてしまったのだろう。足下には桶が転がり、水浸しになっていた。

女性はセラフィーナを驚愕の表情で見つめていたと思ったら、くるりと身を翻した。

「そそそ、村長ぉ～～～～！　女王陛下がお目覚めになりましたああああ!!」

もはや悲鳴に近い声を上げて、女性は廊下を駆けていった。

取り残されたセラフィーナは、呆然と開きっぱなしの扉を見つめていた。

「申し訳ございませんでした！」

真っ白な髪を後ろへなでつけた初老の男性が先ほどの女性とともに部屋に滑り込んでくるなり、這いつくばうように床に額ずいて謝罪した。

状況を理解できないセラフィーナがなにかを言う前に、廊下がまた騒がしくなった。かと思えば、扉が開いてわらわらと人が入ってくる。もしや自分をどこかへ運ぶ気かと身構えたが、彼らはおそらく村長と思われる初老の男性の後ろで横一列に並び、同じように床に額ずいた。

「申し訳ございませんでした！　どうか、どうか我々の命でご勘弁ください！　若い者たちの命だけはお助けください！」

「いえっ、いいえ！　女王陛下、お願いいたします。すべての責任は村長である私にあります。ですから、どうか私ひとりの命でご容赦ください。私はどうなっても構いません。村人たちに慈悲をおかけください！」

「村長ひとりに責任を押しつけたりしない！　女王陛下、俺たちの命も捧げます。だからどうか、若い衆は見逃してください！」

村長とその他の人達が、誰が責任をとるかで言い争っている。責任の押し付け合いではなく、引き取り合いなのがとても奇妙だった。村の若者を庇おうとしている彼らは、中年くらいだろうか。見た目の印象だが、村長とは親子ほど年も離れておらず、せいぜい十五歳差ぐらいに見えた。

とりあえず、自分たちに対して敵対意思はないと判断したセラフィーナは、状況を説明してもらうためにもいったんこの場を治めることにした。

「あの、皆さん、とりあえず落ち着いて……」

「ちょおっと待ったあああああぁぁぁ！」

これまでの騒ぎなどとは比べものにならない大きな雄叫(おたけ)びとけたたましい足音が近づいてきて、壊れそうな勢いで扉が開いた。

現れたのは、長めの銀髪を後ろに流した男だった。冬の空のように淡い青い瞳をぎらりと光らせ、鼻息荒く前に進みでる姿はまさに野生の猛獣だ。

村長の背後に並んでいた人達が男を止めようと足にしがみついたが、彼はそれらを振り切って村長の隣に立ち、やはり同じように額ずいた。

「申し訳ございませんでした！　女王陛下に矢を放ったのは俺です！　すべての責任は俺にあります。俺はどうなったっていい。死ねって言うなら死ぬし、拷問(ごうもん)で苦しんでから死ねというなら喜んでそうする。だから、村のみんなの命だけは、どうか助けてください！」

「レヴィ!?」と、村人たちが悲痛な声で彼の名を呼んだ。そして大慌てでセラフィーナへ向けて頭を下げる。

「いいえ！　すべての責任は村長たる私にあります！」

「子供に責任を負わせるなんてできるはずがない！　どうか、俺たちの命で勘弁してください！」

「だから矢を撃って当てちまったのは俺なんだ！　俺にすべての責任が……」

おそらく話の中心人物であろうセラフィーナを置いてきぼりにして、村人たちはまた責任の引き取り合いを始めてしまった。

「あのー……」

このままではらちがあかないので、思い切って声をかけてみれば、騒がしかった村人たちがぴたりと鎮まった。そして、いまにもとっくみあいのケンカを始めそうだった姿勢を正し、セラフィーナの前に並ぶ。

「とりあえず、状況を説明していただけませんか。どんな経緯でこのような事態に至ってしまったのか、何もわからないこの状況では、誰にどう責任をとらせるのか判断などできるはずがありません」

セラフィーナの言葉でいくらか冷静になったのか、はたまた、セラフィーナが思っていたよりも冷静な事に安堵したのか、村人たちは落ち着きを取り戻し、そしてはたと気づいた。

セラフィーナが、床に座り込んでいることに。

「じょ、じょ女、女王陛下、椅子っ、椅子に腰掛けてくださいぃ！」

村長の叫びを皮切りに、村人たちはまた騒がしく部屋を動き回るのだった。

「それで、どうしてきーちゃんに矢を撃つような事態に至ったのか、順を追って説明してくださいますか」

右往左往した結果ダイニングの椅子を持ってきて、ルーファスのベッドの脇に置いてセラフィーナが腰掛けることになった。村人たちにも椅子を勧めたのだが、額ずくのをやめてもらうのが精一杯で、床に直接座ると言って譲らなかった。

　みんなで一斉に話されても混乱するだけなので、村の代表である村長が説明を始めた。

「我々は、昔からこの山で生きている部族でして、二百年ほど前、マローナ国がこのあたりの領有権を主張して、我々を山から追い出そうとしたのです」

「……マローナ国が領有権を主張するより早く、あなたたちはここに住んでいたのですね？」

　村人たちの様子から、マローナ側の主張と乖離がありそうだと予想していたが、まさか冒頭から矛盾が出てくるとは思わなかった。

　せっかく落ち着いて説明し始めたのに、また混乱されても面倒なので、セラフィーナはあくまでも確認の体で問いかけた。村長は素直に「はい」とうなずいて続きを話し始める。

「我々の先祖は行く当てもないのに追い出されては困ると抵抗しました。しかし、この山に眠る鉱石資源を欲するマローナ側も、出て行けと譲りませんでした。武器を持った騎士相手に、非力な村人が対抗できるはずもなく、このまま新たな安住の地を求めて放浪するしかないとあきらめかけたそのとき、救世主が現れたのです」

「救世主？」

「旅人だったそのお方は、村の窮状を知って協力を申し出てくださいました。そして圧倒的な強さでもってマローナの騎士たちを退けてしまったのです」

　山という地の利があるとはいえ、旅人はよほど強かったのだろう。それこそ、亜種のように。

「旅人の強さに恐れをなしたマローナは、交渉を申し出てくれました。そこで村に伝わる工芸品を見て、それを国が独占売買する事を条件に、独立した自治を認めてもらったのです」

「独立した自治……とは、つまり、あなた方はマローナに属していない、一種の国だということですか？」

「さようでございます」と村長がうなずくのを見て、セラフィーナは眉間（みけん）にしわが寄りそうになるのを必死にこらえた。

　つまりは、マローナは自領の村が反乱したと嘘をついて、ルーベルの騎士に侵略をさせようとしたということだ。これはルーベルの騎士の行動理念を無視したゆゆしき事態だ。この国に騎士を派遣することについても見直さねばならないだろう。

　あくまでも村側の言い分だが、すでに『村長が村の利益を不当に独占している』というマローナの主張が嘘であると、自らの命でもって村人を庇おうとしたことから証明されている。

「ひとつお聞きしたいのですが、ここ数年で、村長の代替わりはありましたか？」

「いいえ。私が十年ほど前に村長になってからは替わっておりません」

　どうしてそんなことを聞くのか、と不思議そうな村人たちを見て、嘘をついたのはマローナ側だと判断した。何が『村長が代替わりしたのをきっかけに』だ。マローナの正当性を主張する前提条件がぼろぼろと崩れ始めている。聞けば聞くほどマローナに対する怒りが積み上がっていきそうだが、最後まで冷静に話を聞こうと必死に心を落ち着けた。

「ここから一番近い町の役場に、あなた方が工芸品を治めているんですよね。あれは納税ではなく、納品だったのですか？」

「はい。持って行った品を現金に換えて、必要なものを町で買って帰っておりました」

納税と納品。似ているようでずいぶんと意味合いが変わってくる。

「ここ二年ほど納品していなかったと聞いておりますが、どうしてそのようなことに？」

「値段交渉を持ちかけたのですが、にべもなく断られたのです」

「値段交渉？　なにか緊急でお金が必要になることが？」

村長は背を丸めてうつむいた。

「実は、ここ数十年で徐々に出生率が下がりまして……年寄りばかりで働き手が減ってしまったのです。昔は自給自足で暮らしていけたのですが、町で調達するしかなく、そのためにはお金が必要だったのです」

「納品を拒否してはお金が手に入らず、本末転倒な気が……」

納品拒否というのは、商談の駆け引きのひとつなのかもしれないが、ずいぶんと捨て身な戦法に思える。

「二年間、よく持ちこたえましたね」

村長だけでなく、村人たち全員がしょんぼりうつむいてうなずいた。

「交渉を持ちかける以前から、私たちは生活に困窮(こんきゅう)しておりました。ですので、村の若者たちが出稼(でかせ)ぎに行ってくれたのです」

つまり、ずいぶん前から工芸品の売り上げでは生活を維持することは叶わず、出稼ぎで稼いだお金でなんとか繋(つな)いできたということか。

「どうして、二年前、突然値段交渉をしようと思ったのですか？」

「他国へ出稼ぎに行っていた者たちが、私たちが納品した工芸品がありえない高値で売られていると教えてくれたのです」

「国の奴ら……俺たちが必死に作った品をなんだかんだと文句をつけて安く買いたたいておきながら、アルヴァジュエリーなんて銘打ってとんでもない値段で売ってやがったんだ！」

レヴィが握りしめた拳で膝を打ちながら歯を食いしばった。セラフィーナは「アルヴァジュエリー!?」と声を上げる。

「それって、マローナの名産品である宝飾品のことですよね？」

レヴィは「そうだ」とセラフィーナの目をまっすぐに見てうなずいた。

「アルヴァジュエリーに使われている宝石は、どれも俺たちの村で磨いたものだ。この村には、山でとれた鉱石を加工する技術が代々伝わっている」

謎に包まれていたアルヴァジュエリーの職人が、まさかこんな小さな村の住人だったなんて。というか、世界的に有名なアルヴァジュエリーの要である宝石を製造しているというのに、その売り上げで小さな村ひとつ養えないなんて事、あるはずがない。

あぁこれはもう、真っ黒だな――セラフィーナはとうとうこらえきれず額に手を添えてため息をこぼした。

村長はレヴィの無礼な態度に対する不満だと思ったらしく、彼の頭を床に押しつけて謝ってくれた。まったくのえん罪なので大丈夫だと手を振った。

「交渉が決裂して納品を拒否したところまではわかりました。そのあとどうして騎士とやり合う事態に？」

「宝石を納品できないのなら契約違反だと言って騎士が攻めてきたのです。山は我々の土地ですから、勝手に入ってこないでほしいと伝えたのですが、マローナの土地に勝手に住み着いたのはお前たちの方だ、言うことが聞けないなら出て行け、と言われました」

「それで、抵抗してみたら思いの外相手が弱かったと……」

「はい。小さな集落ですので村人は全員親戚みたいなものなのです。いまや全員が救世主の子孫でして、レヴィほどとはいかずとも、身体能力が高いものもいます。とはいっても、ルーベルの騎士様には遠く及びませんが……」

「救世主は村に残ったのですか？」

　もしも救世主が亜種であるならば、村が落ち着いたのを見届けて、女王が待つルーベルに帰るはずだ。

「騒動の収束を見届けた救世主は、長い旅をやめてこの地に骨を埋めました」

　ということは、救世主が亜種という可能性はないな、とセラフィーナは判断した。

「膠着状態が続いておりましたが王太子殿下が現れまして、やっとまともな交渉ができるのかと思えば、新しい住居を用意してやるからそちらに移れと言い出して……我々も疲れ果てておりましたので、その申し出に応じたのです」

「だけど！　あいつらが用意したのは住居とは名ばかりの牢獄で、働けない奴らを人質に取って俺たちに宝石を磨けと言いやがった！」

セラフィーナは開いた口がふさがらなかった。こんなにひどい話、物語の世界でも聞いたことがない。

「レヴィを中心とした若者たちが騎士を打ち倒して人質を解放し、結局私たちは村に戻ってきました」

強敵とわかっている村人を閉じ込めようとしたのだから、それなりの数の騎士を用意したはずだ。にもかかわらず逃げられてしまったマローナは、自分たちで敵わないならとルーベルの騎士を利用しようと考えたのだろう。その割には、現場を指揮する王太子と連携がとれていないような気もするが……王太子の人格の問題かもしれない。

最初の傭兵契約時にこの山にルーベルの騎士を近づかせなかったのは、アルヴァジュエリーの職人を秘匿するためと、この山がマローナ領ではないと知られるのを防ぐためか。

各国で自らの利益を守る権利があるのはわかっているが、それにしてもルーベルを馬鹿にしすぎている。

「だから俺は反対したんだ！　大切なご神体を捨てて村を出るなんて！」

レヴィが声を荒らげると、村長は「お前の言うとおりだな」と長い長い息を吐いた。

「あの、ご神体とは？　この村は、独自の宗教があるのですか？」

顔を上げた村長は、疲れ切った顔で微笑んだ。

「宗教というほど厳格なものではないのです。救世主が毎日のように祈りを捧げていたものを、教会に奉(たてまつ)ってあるのです。村を守ってくださいと祈りを捧げておりました」

「ちなみに、どのようなものなのか詳しくお聞きしても？」

「申し訳ございません。私どもも、ご神体を見たことがないのです。救世主はそれを決して誰にも見せませんでした。彼が亡くなったあと、村人たちは箱に入ったそれをそのまま奉りました。我々は神ではなく救世主に祈りを捧げていたのです」

「ご神体ごと山を降りるというのは考えなかったのですか？」

「ご神体を動かすなんてだめだ！」

　レヴィが突然怒鳴ったため、村長が慌てて頭を押さえつけた。

「申し訳ございません。こやつは救世主様の力を強く受け継いだらしく、ご神体に対する敬愛も人一倍強いのです」

　上空を飛んでいたきーちゃんに矢を当てたと聞いたときからもしやと思っていたが、やはり彼がエルネスティが言っていた先祖返りらしい。

「ルーベルの騎士が呼ばれることとなった経緯はだいたいわかりました。それで、どうしてきーちゃんに矢を撃ったのですか？」

　これまでの経緯と彼らの態度から、悪意からの行動でないとわかっている。むしろ、どうして彼らがあんな行動に出たのか不思議なほどだった。

「それは……」と、村人たちは申し訳なさそうに身を縮めた。かと思えば、レヴィが打ち付ける勢いで床に額ずいた。

「俺のコントロールが悪かったばかりに、当ててしまいました！」

「申し訳ございません！　遥か上空を見たこともない鳥が飛んでいると気づいたとき、そこに女王陛下がいるとなぜだか感じたのです。女王陛下に我々の窮状を知っていただきたく、なんとかこちらに気づいてもらえないかと考えて。矢を撃ちあげることにしました」

「当てるつもりはなかった矢が、コントロールミスで当たってしまったと……」

「こやつは誰よりも力が強いのですが、コントロールはからきしなのです。誤って鳥に当ててしまったと気づいた私たちは、女王陛下が落ちた場所へ急ぎました。そこで、女王陛下を抱える騎士様と出くわしたのです」

　村長の視線を追って、セラフィーナはルーファスを見た。これだけ騒いでいても、ルーファスが目を覚ます気配はない。

「傷だらけになりながらも、騎士様は我々から女王陛下を守ろうとしておられました。我々はすぐに謝罪をし、女王陛下に気づいてもらおうとして矢を当ててしまったことを説明しました。話を聞いた騎士様はすぐに我々の話を信じてくださって……女王陛下を託すなり意識を失ってしまわれたのです」

「騎士様は、全身の至るところを骨折しておられます。あのとき、意識を失った女王陛下を抱えていたことが奇跡でした。いえ、それを言うなら、あの高さから落ちて命が無事だった事こそが奇跡でしょう」

　村長の背後に控える男性がルーファスの状態を説明してくれた。彼が手当てをしてくれたのかもしれない。

「我々が短慮だったばかりに、女王陛下を危険にさらしただけでなく、大切な騎士様にひどい怪我を負わせてしまいました。申し訳ございません。どのような処罰でも受ける所存です。ですがどうか、他の村人たちの命だけはご容赦いただきたいのです。なにとぞお願いいたします」

　村人たちの嘆願を聞きながら、セラフィーナは毛布の中のルーファスの手に触れた。添え木をして包帯で巻いた手では握ることは叶わなかった。

「……事情はわかりました。あなたたちは、悪意を持って私たちを襲ったわけではない。それだけでなく、傷ついた私たちを保護して怪我の手当てまでしてくださいました。あなたたちを責めるつもりなどありません。むしろ、ルーファスを手当てしてくださり、ありがとうございました」

　目を伏せ、セラフィーナはわずかに頭を下げる。村人たちは慌てだした。

「へ、陛下っ、どうか頭を上げてください！　すべては我々の短慮が招いたことなのです。感謝を述べていただけるような事はいたしておりません！」

「そうだよ、悪いのは俺なんだ！　あんたも、そこの騎士も、どうしてすぐに俺たちを信じるんだよ！」

　姿勢を正したセラフィーナは「ルーファスがあなた方を信じたからです」と答えた。

「ルーファスは、私の護衛騎士のなかでも本能的な勘がとても強いのです。彼があなた方に私を託しても大丈夫だと判断した。つまり、あなた方が私に危害を加えることは絶対にありません」

セラフィーナは毅然と言い切る。村人たちは圧倒され、何も言えなくなった。
「いまはまず、山を進んでいるだろう他の護衛騎士に私の無事を知らせて――」
「キエエエエエッ！」

セラフィーナの言葉を遮って、甲高い鳴き声が響いた。次の瞬間、家屋がミシミシと音を立てて揺れる。
「この声は……」とセラフィーナが天井を見上げれば、また衝撃とともにほこりが落ちてきた。
「巨鳥だ！　巨鳥が襲いかかってきたぞ！」

外にいるらしい村人の叫び声を耳にするなり、セラフィーナは窓へとかけだした。
「女王陛下!?」

背後で呼び止める声を無視して、きしむ家の衝撃でいまにも割れてしまいそうな両開きの窓を開け放った。一階だとわかるなり窓枠を乗り越えて外に飛び出し、屋内で予想していたとおりの木造家屋から離れて、屋根を見上げる。

屋根にかぎ爪を食い込ませ、翼を羽ばたかせるきーちゃんの姿があった。
「きーちゃん！」

元気に家屋を破壊しようとするきーちゃんを見て、セラフィーナの胸に喜びが込み上がった。ルーファスがあんな状態だったので、きーちゃんもどこかで倒れていたらどうしようと不安だったのだ。

　セラフィーナに気づいたきーちゃんは、食い込ませた爪をさっさと離してセラフィーナのもとへと降り立った。もともと、セラフィーナを救出するために家屋の破壊をもくろんでいたのだろう。

　セラフィーナが両手を広げて駆けよれば、お利口なきーちゃんは頭を下げて受け止めてくれた。

「きーちゃん！　きーちゃん！　よかった……無事だったのね」

　首もとの羽に顔を埋めて抱きついていると、首の後ろをくわえられた。あっという間に宙ぶらりんである。

　セラフィーナを連れ去られると勘違いした村人たちが農具を構え、それを見たきーちゃんが一刻も早く安全な場所へ移動しようと翼を広げた。

「きーちゃんストップ！」

　いまにも飛び立ちそうなきーちゃんを、セラフィーナが慌てて止める。お利口なきーちゃんは、翼を広げた格好で動きをぴたりと止めた。

　ぶら下がったまま、セラフィーナはなんとか身をよじってきーちゃんを見上げる。

「きーちゃん、大丈夫！　ここの村の人達は私たちに危害を加えないわ。だからお願い、私を降ろしてちょうだい。大怪我をしたルーファスを置いてここを離れるなんてしたくないの！」

　セラフィーナをくわえたまま首を傾げたきーちゃんは、先ほどまで襲撃していた家屋の、空いたままの窓から中をのぞき込んだ。悲鳴を上げる村人たちと、彼らを庇うレヴィ、そしてベッドに眠るルーファスを確認したきーちゃんは、セラフィーナを地面に降ろした。

「ありがとう、きーちゃん。それより、あなたも怪我をしたでしょう。矢が刺さった場所はどうなっているの？」

きーちゃんの足下へ近づき、矢が刺さった場所を見てみると、自分で抜いてしまったのか矢はなくなっており、あふれた血が脚を伝って地面まで滴っていた。

あまりに痛々しくて、セラフィーナは表情を険しくするも、いまはなによりも手当てを優先しなくてはと無理矢理気を取り直した。

「あの、すみません。だれか、傷の手当てをしてもらえませんか!? 私では、やり方がわからないのです。どうか、力を貸してください！」

セラフィーナの必死の願いに、村人たちは答えようとしたものの、きーちゃんの迫力に気圧されるのか近寄りたくても近寄れない、といわんばかりに右往左往していた。

こうなったら、道具を借りて自分がやるしかないか――そう決意したとき、「俺がやる！」と声が掛かった。

声の方へ振り向けば、セラフィーナが開け放った窓を、レヴィが乗り越えていた。

「そいつに怪我をさせたのは俺だ。だから、ちゃんと俺が治療する。父さんみたいにうまくはできないかもしれないけど、やらないよりはましだ」

そう言ってきーちゃんの真正面に立ったレヴィは、頭を深々とさげた。

「すまない。あんたに矢を当てたのは俺なんだ。わざとではないとはいえ、怪我をさせた責任はきちんととるつもりだ。俺を食べたいなら食べてもいいし、上空に運んで放り投げてもらってもいい。でも、いまは手当てをさせてくれ」

自分の想いを伝えて、レヴィはきーちゃんを見上げる。ひとりと一匹はしばし無言で見つめ合っていたが、やがてきーちゃんがセラフィーナに身を寄せた。

「えっと……手当てを受けるって事でいいのかな？」

問いかけると、きーちゃんは「クウ、クウ」といつもの甘え声で鳴いた。そうだと言っているのだろう。

「あの、お願いします」

セラフィーナが声をかけると、レヴィは「わかった」とうなずいて窓へと駆けより、ルーファスの手当てをしてくれた男性――レヴィの父親から手当ての道具を受け取って戻ってきた。慎重に足下にもぐり込むと、きーちゃんは暴れることなくセラフィーナに身を寄せていた。

セラフィーナはきーちゃんの首もとを撫(な)でながら手当ての様子を見守る。きーちゃんの身体(からだ)に見合った太い脚に、レヴィは苦戦していたようだが、やがてレヴィの父親も加わってふたりがかりで治療を施(ほどこ)した。

「とりあえず、これ以上血が流れすぎないように処置はしたけど、止血できたわけじゃないから、なるべくおとなしくしてほしい……って言っても、鳥相手に無理な話か」

「大丈夫よ。きーちゃんはお利口さんだから。ちゃんと傷がよくなるまではおとなしくしていられます。ね、きーちゃん」

セラフィーナが問いかけると、きーちゃんは大きく羽ばたいて先ほどまで攻撃していた家の屋根の上へ移動した。

「クエエッ」

元気よくひと声鳴いてから、きーちゃんは屋根の上に止まって静かになった。おそらくは、セラフィーナに危険が迫っていないか警戒しつつおとなしくしている、ということだろう。その証拠に、屋根にかぎ爪を食い込ませたりしていない。

「きーちゃんの手当てをしていただき、ありがとうございました」

「いや、俺が原因で怪我をしたんだ。当然のことをしただけだ。それよりも、報復というか、償（つぐな）いはいいのか？」

レヴィは眉（まゆ）をさげて頬（ほお）をかきつつきーちゃんを見上げた。屋根の上のきーちゃんは我関せずで翼の手入れをしていた。

「きーちゃんは、ルーファス以上に本能的な勘が強いから。あなたたちが嘘をついていないってわかっているんだと思う。だから、気にしないでください」

笑顔を浮かべるセラフィーナを見て、レヴィは安堵（あんど）したような、それでいて少し寂しそうに微笑（ほほえ）んだ。

「女王陛下は、騎士様や巨鳥のことを、本当に信頼しているんだな。彼らが自分を託したからって、そんな簡単に俺たちを信用できないよ、普通」

セラフィーナは目を丸くして瞬きをくり返した。

そうなんだろうか。ルーベルからあまり出たことがないので他国の常識がいまいちわからない。こういうときにアドバイスをくれるハウエルもここにはいない。

けれど、これだけは断言できる。

「ルーファスにしても、きーちゃんにしても、亜種の血をひく者たちは絶対に私を裏切らないわ」

だからこそ、セラフィーナは全力で彼らの愛に応えたいと思う。

絶対の信頼を目の当たりにしたレヴィが、目を見開き、なにか言おうとした。しかし、それより早くセラフィーナはレヴィの父親へと声をかけた。

「あの……ルーファスの看病を、私にも手伝わせてくれませんか？　できることは少ないかもしれませんが、足手まといにならないよう、精一杯やりますので」

突然の申し出にレヴィの父親は戸惑っていたが、セラフィーナは「お願いします」と頭を下げた。

自分を守るためにルーファスが大怪我を負ったというのに、何もせずにただ待つだけなんてできるはずがない。そんなの、考えるだけで頭がおかしくなりそうだった。

祈るように握りしめられた両手が震えていることに気づいたレヴィの父親が、覚悟を決めるようにひとつ息を吐いた。

「……わかりました。そうすることで女王陛下の心の平穏が保たれるのであれば、我々に否やめていた。

玄関へと向かうセラフィーナの背中を、眉間にしわを寄せて口をへの字にしたレヴィが見つと言えば我々が引き起こしたことですから」とうつむきがちに答え、歩き出した。

「ありがとうございます！」とセラフィーナが顔を上げると、レヴィの父親は「いえ、もとははありません」


部屋に戻ると、ルーファスはまだ眠ったままだった。手伝うと申し出たものの、全身いたるところを骨折しているそうで、下手に動かせないという。

結局、薬や水を飲ませるくらいしかやることはなく、早々にレヴィの父親は病室を去ってしまった。ひとり取り残されたセラフィーナは、毛布の中に手を伸ばし、包帯に包まれたルーファスの手に触れる。

誰よりも強かったルーファスがこんな大怪我を負うなんて。不安から涙が溢れそうになるが、護衛騎士が誰もいないこの状況で、弱みを見せてはならないと、必死にこらえた。

手を伸ばして、ルーファスの前髪に触れる。

「早く、目を覚まして。元気になって、ルーファス」

震える声でつぶやいて、セラフィーナはルーファスの額に口づけを落とした。

いつの間にかベッドに突っ伏して眠っていたらしい。目を覚ましたセラフィーナは、部屋の中が薄暗くなっているのに気付き、窓の外を見た。

夕焼けにはまだ早いのか空はあかね色に染まっていないが、山ゆえに陽が陰るのが早いらしく、青い膜が張ったようにうっすらと暗くなっていた。

喉の渇きを覚えて戸棚の上を見ると、水差しの中身がすでに心許ない量になっていることに気づいた。とりあえず喉を潤したセラフィーナは、ルーファスに起きる気配がないのを確認してから、水差しを胸に抱えて部屋を出た。

セラフィーナが過ごすこの家屋は、レヴィの家だと聞いた。レヴィの一族は代々村で医者の役目を担ってきたという。彼らの家は体調を崩した村人が入院できるよう病室があり、セラフィーナたちはそこを使わせてもらっていた。

病室は家屋の一番奥に位置しており、扉をでてまっすぐ伸びる廊下を進む。以前部屋に戻るときにざっと家の構造を教えてもらっていたので、このまま進めば診察室にたどり着くとわかっていたセラフィーナは、いくつも並ぶ扉のひとつを開いた。

たどり着いたのは、ダイニングキッチン。部屋奥には大きなかまどがあり、年配の女性が忙しそうに調理していた。

「あの、すみません。水差しが空になったので、お水をいただけませんか？」

作業を中断させることを申し訳なく思いながらも声をかければ、振り向いた女性は「あらあらはいはい、わざわざ持ってきてくれたんですね、ありがとうございます」と答えて作業台近くの水瓶(みずがめ)を開き、「あら」と驚きの声をもらした。

「やだわぁ。夕飯の準備で水を使い切ってしまったのね。いつもならレヴィに水を汲(く)んでこさせるのに……あの子ったら教会に行ったっきり帰ってきていないわ」

セラフィーナは、レヴィの母親と思われる女性がのぞき込む水瓶に視線を向けた。自分の上半身と同じくらいの大きさだろうか。抱えて運べないこともないように思えた。

「あのー……差し支えなければ、私が水を汲んできましょうか。さすがに水瓶目一杯は無理ですけど、三分の二くらいなら運べると思います」

女王になってからも、土嚢(どのう)にもなるボールを運ぶことをやめていない。予想でしかないが、三分の二であれば土嚢袋よりは軽いだろう。難しいと感じたら、水を戻せばいいだけだ。不可能ではない。

セラフィーナの申し出がよほど意外だったのか、飛び上がる勢いで女性は姿勢を戻して振り返った。

「いえいえっ、女王陛下にそんなことは任せられませんよ。自分でとってきます」

「ですが、夕食の準備の途中ですよね？　私やルーファスがお世話になっているんです。少しくらい、お手伝いさせてください」

「お世話だなんて……！　当然のことをしているだけです」

「そうだとしても、私はあなた方に感謝しております。だからどうか、お手伝いさせてください。私、国で最弱の女王ですがルーベル国民ですので、他国の方々よりは身体能力が高いんですよ。だから、ちゃんと水を汲んでこれます！」

「いや、でも……」と女性は断りかけたが、かまどで火にかけていた鍋（なべ）が噴き出したため、慌てて駆けより鍋のふたを開けた。

「じゃあ、申し訳ありませんがお願いできますか。井戸はそこの裏口を出ればすぐ見えますので。お言葉に甘える形になってしまって情けないのですが、どうしても手が離せなくて……」

鍋の中身をかき混ぜつつ、女性が作業台の向こうの扉を指さした。セラフィーナは「わかりました！」と元気に返事をして、水瓶を胸に抱える。

「クエッ！　クエッ！」

天井から、きーちゃんの泣き声が聞こえた。威嚇（いかく）するような緊迫感はないので、敵がやってきたわけではないのだろうが、無駄に騒がないきーちゃんが鳴き声を上げるのは珍しい。

「……なにかあったのかしら？」

「それが、時折ああやって鳴いているんです。とくに周りを威嚇するとか暴れたりもしないし、村の周りに不審者も見当たらないので、ただ鳴いているだけだろうと……」

「なにか気になる事でもあるんでしょうか。水を汲み終わったら、少し様子を見てみますね。怖がらせて申し訳ありません」

「いえいえ。時折声をあげる以外はおとなしくしておりますよ。よくよく見ると、優しい目をしていて、子供たちが興味津々（しんしん）です」

「きーちゃんは子供が好きなので、遊びに誘ったらきっと降りてきてくれますよ。あぁ、でも、いまは護衛騎士の代わりに周囲を警戒しているから、それどころじゃないかもしれませんね」

ルーファスの怪我に動揺しすぎてすっかり失念していた。セラフィーナの無事をエリオットたちに伝えなければ。けれど、忙しく働く女性に頼むのははばかられる。きーちゃんの様子を見に行ったときに、他の村人にお願いしよう。

密かに決意をして、セラフィーナは裏口から外に出た。普段、洗濯物の物干し場として使っているると思われる広場の向こうに、ぽつんと井戸が見えた。井戸の向こうには森が拡がっていて、そこから先は村の敷地外になるのだろう。

井戸まで移動したセラフィーナは、抱えていた水瓶を足下に置いて、井戸をのぞき込んだ。滑車を使って井戸の中の桶を引っ張り上げる構造のようだ。さっそく縄をつかんで下へと引っ張ってみた。

「いたっ……」

力をこめた途端、肩や背中に鈍い痛みが走った。うっかり縄を離しそうになったが、なんとかこらえる。

普段の動きではちょっと痛むな、という程度だったのですっかり油断していた。しかし、ここであきらめるわけにはいかない。水を汲んでくると自分が言い出したのだ。ちゃんとやりきらなくては。

屈伸運動の要領で体重を利用し、セラフィーナは縄を引っ張った。数度くり返したところで、誰かの手が滑車近くの縄をつかんだ。

「怪我人が何をしているんだ」

背後から声をかけられ、ちょうど脚を曲げて縄を引き上げたところだったセラフィーナは、座り込んだ格好のまま後ろを見た。

渋面(じゅうめん)を浮かべたレヴィが縄をつかんだままこちらを見下ろしていた。

「えっと……水差しに水をもらいに行ったんだけど、水瓶が空(から)になっていると聞いたから」

「だから、汲みに来たってか。女王陛下に何させてんだよ、母さんは」

レヴィは縄をつかんでいない方の手で頭をかきむしる。セラフィーナは慌てて訂正(ていせい)した。

「違うの！　あなたのお母さんは断ったんだけど、私がやらせてほしいって言い募(つの)ったの」

「……なんで女王陛下がそんなことするんだよ」

「だって、いろいろとお世話になっているじゃない。少しでも恩返しがしたくて」

「恩返しって……」と、レヴィは顔をそむけて頭を抱えた。しばしそのまま固まっていたが、やがてなにかをあきらめたのか、長い長いため息とともにそむけていた顔を戻した。

「もういい。あとは俺がやっておくから、あんたはそこで待ってろ。どうせ、戻れっていっても聞かないんだろう」

セラフィーナから縄を奪い取ったレヴィは、先程までとは比べ物にならない早さで水を汲み上げた。みるみるうちに水瓶が満たされていくのを興味津々で見つめていたら、レヴィがため息をこぼしながら空の桶を井戸に放り込んだ。

「あんた、非力なくせに水を汲もうなんてよく考えたな。無理だろ」

「そんなことないわよ」

「いや、あるだろ。綱引きで六歳児に負けたくせに」

「ど、どうして知っているの!?」

「新聞で読んだ」

なんということだろう。遠い異国の地で、セラフィーナの痴態を嬉々として綴ったあの記事が、ルーベル以外でもばらまかれているなんて。

どんな拷問だ――と、セラフィーナは両手で顔を覆ってうつむいた。

「あとはなんだ……子供が放り投げて遊ぶボールすら持ち上げられないとか」

「ボールはボールでも、土嚢になるくらい重たいボールよ！　それに、まったく持ち上げられないわけじゃないわ」

ひどい誤解が生じていると、セラフィーナは勢いよく顔を上げて否定した。

「地をはうような跳躍しかできず、家を飛び越えられないとか」

「そ、それは、確かにそうだけど……でも、他国の人達にだってできないでしょう」

「……まぁ、確かにそうだな。この村でも、俺ぐらいしかできない」

できてしまうのか。つくづく、レヴィは規格外の人間である。彼らの祖先である救世主とは、いったい何者だったのか。

「そういえば、教会に行っていたのでしょう?」

「あぁ。村の一番奥にある建物なんだ。このまま裏道をまっすぐ突っ切ればつくぞ」

指で示された先、立ち並ぶ家の裏をまっすぐ進んだ先に、他よりひとまわり大きい建物の屋根部分が見えた。

「興味があるなら、あとで案内する」

ご神体を直接見れないのであれば意味はないかもしれないが、一度立ち寄ってみてもいいだろう。その間、部屋にルーファスをおいていくことだけが気がかりだな、と考えたところで、思い出した。

「そうだ！　私がここで保護されているってエリオットたちに伝えないと」

「エリオット？」と、水瓶に水を注ぎながらレヴィが問いかけた。

「私の護衛騎士よ。ルーファス以外に三人いて、あと、お兄様が一緒だったの。私が落ちていくのを見ていただろうし、絶対みんな心配しているわ。どうにか、みんなに私の無事を伝えられないかしら」

水瓶を満杯にしたレヴィが、桶を井戸に放り込みつつ考え込んだ。

「落下したあんたたちの捜索に、マローナの野営地を見張っていた人員もすべてつぎ込んだから、いま村には全員が揃っている。動ける若い衆で山を捜索すればなんとか見つけられるんじゃあ――」

「その必要はないよ」

ふたりの会話に突然第三者が割り込み、セラフィーナは井戸の向こう、森へと振り向いた。

薄暗い木々の中でも金の髪をきらりと輝かせながら、エリオットが現れた。彼の背後には野営地で留守番のはずのアグネスの姿もあった。

突然現れた部外者に警戒したレヴィが、セラフィーナを背中に庇う。そんな彼を押しのけて、セラフィーナは駆けだした。

「エリオット!」

名前を呼びながら飛び込めば、エリオットは両手を広げて受け止めてくれた。慣れ親しんだ温もりに包まれて、セラフィーナの緊張の糸が切れる。

「エリ、エリオット……どうしようっ、ルーファス、ルーファスがぁ……」

ずっと我慢してきた涙が溢れてきて、声もつっかえてうまく話せない。それでもなんとか伝えようとするセラフィーナの顔を、エリオットは両手で包んで上向かせた。

「陛下、ずっと我慢してきたんだ。好きなだけ泣いていい。でも、説明だけはしてくれ。ルーファスがどうしたの?」

「ルーファスが、怪我した……。私を庇って、大怪我したのぉっ!」

大粒の涙を流すセラフィーナを、エリオットは胸に抱き込んだ。騎士服が濡れることもいとわず、ハチミツ色の髪を撫でる。

「……とりあえず、ルーファスのもとへ行こう。大丈夫だよ、陛下。あいつは亜種返りなんだ。殺したって死なないよ」

胸元に顔を押しつけたまま、セラフィーナは黙ってうなずく。移動するためにエリオットが抱きあげれば、首に両腕をまわしてしがみついた。

「そこのお前。ルーファスのもとまで案内しろ」

声をかけられ、呆然としていたレヴィははっと我に返った。

「あ、あの、今回のことは、俺が……」

「説明は後で聞く。いまはとにかくルーファスのところへ向かうのが先だ」

レヴィの言葉を遮るエリオットに、先ほどセラフィーナに見せた温かさは微塵もない。放たれる威圧感に息苦しさを覚えながらも、レヴィはエリオットたちをルーファスのもとへと案内した。


「ありがとう。ここまででいいよ」

部屋の扉の前までたどり着くと、エリオットはレヴィを扉の前から押しのけた。アグネスが扉を開け放ち、エリオットがセラフィーナを抱えたまま部屋の中へ足を踏み入れる。

「そうだ。後で事情を聞くから、関係者を集めておいてね」

有無を言わせぬエリオットの気迫に呑まれて、レヴィは黙って首を縦に振った。

震えて立ち尽くす彼を放置して扉を閉めたエリオットは、いまだ首にしがみついて泣き続けるセラフィーナをアグネスに預け、ルーファスが眠るベッドへと近づいた。アグネスはセラフィーナを隣のベッドの縁に座らせ、自らも隣に腰掛けてすすり泣く彼女を抱きしめた。

毛布を大きくめくり、ルーファスの包帯だらけの身体をひととおり観察する。

「これは確かに大怪我だね。さすがのルーファスでもしばらくは動けないだろう」

毛布をかけ直しながらエリオットが告げると、一瞬彼へと顔を向けたセラフィーナだったが、またアグネスの胸に顔を埋めて泣き続けた。

「大丈夫だって、悲観的になる必要なんてないよ、陛下。そりゃ、しばらくは動けないだろうけどさ、傷が治ればいつも通り動けるようになるって」

「ほ、ほんと……?」

普通、これだけの大怪我をすれば、後遺症が残ってもとのように動けなくなるのではないか。アグネスの胸から顔を上げたものの、心細そうに見上げるセラフィーナに、エリオットは慈しみに満ちた笑みを浮かべハチミツ色の髪を撫でた。

「俺たちルーベル国民を舐めてもらったら困る。絶対大丈夫だから。陛下はそのみっともない顔をアグネスに直してもらって。そのうち、ハウエルとアルヴィン殿下も来るからさ。アルヴィン殿下がいまの陛下を見たら、怒りのあまり暴れ出すかもしれないよ」

「それは、困るっ……」とつぶやいて、セラフィーナは涙をぬぐった。女王バカと妹バカを併発している兄たちは、セラフィーナが絡むと非常に短慮になるのだ。冗談ではなく村が消える。

セラフィーナが危機感と気合いで涙を引っ込めると、エリオットは「よくできました」と褒めて頭をぽんぽんと優しく叩いた。

「じゃ、僕は村人たちの言い訳を聞いてこようかな」

「村人たちを責めちゃだめだよ！　彼らはわざと危害をくわえたわけじゃないし、すぐに私たちを保護して手当てしてくれた。目を覚ました私に何度も何度も謝罪してくれたんだから。私はもう、彼らを許しているわ！」

エリオットは不服そうに「えぇ～」と声を上げたものの、すぐに「わかったよ」と引き下がった。

「村人たちが抱える事情については、途中で出会った人達に説明してもらったから、だいたい把握(はあく)しているんだ。だから、陛下が納得しているなら僕たちに否(いな)やはない。まぁでも、陛下の護衛騎士として、いろいろと話さなきゃいけないことがあるから。行ってくるよ」

思っていたより冷静なエリオットにほっとしながらも、途中で出会った人達とは誰のことだろうとセラフィーナは疑問に思った。言わずとも伝わったのか、エリオットは「後で会わせてあげるから」といつもの黒い笑顔を浮かべた。件(くだん)の人達が無事なのか不安になった。

セラフィーナたちを置いてひとり部屋を出たエリオットは、廊下(ろうか)で待ち構えていたレヴィに案内されて玄関からすぐの診察室にやってきた。

普段なら処置を行うためのベッドやら椅子(いす)やらがおいてあるのだろうが、それらはいま部屋の隅に追いやられ、ぽっかりと空いた空間には村人たちが床に座り込んで待っていた。

エリオットを案内していたレヴィが先頭で座り込む男性――村長の隣に同じように座り込むと、全員で頭を下げた。

「このたびは、我々の短慮のせいで女王陛下を傷つけてしまい、申し訳ございませんでした。言い訳をするつもりはございません。我々はいかような処罰も受ける所存です」

「あぁ、そういうのいいよ。顔を上げてくれるかな」

信じられないくらいあっさりとした言葉で謝罪は不要と言われ、村長たちは戸惑いつつも顔を上げた。しかし、こちらを見下ろすエリオットの顔を見て、全員が凍り付いた。

エリオットは笑っていた。天使と謳(うた)われる清らかで神々(こうごう)しい相貌(そうぼう)に、完璧(かんぺき)な笑顔を浮かべ、けれど、村人たちを見下ろす青の瞳には強い怒りを隠すことなく燃えたぎらせていた。

「陛下は君らを許したと言っているからね。そのことについてなにかを言うつもりはない。ルーファスが大怪我したことだって、多少腹は立つけど、陛下を守るためなら仕方がないと割り切っている」

そう言いながらも、エリオットの瞳に浮かぶ怒りがおさまる気配はない。むしろさらなる炎を燃やしながら、告げた。

「僕が許せないのはね、陛下を泣かせたことだよ。僕は陛下が心穏やかに暮らせるよう、日々心血を注いでいるんだ。それを……よくも、あんなに悲しませてくれた」

笑顔のまま、エリオットは怒りに燃える目を見開かせる。あまりの迫力に、村人たちの何人かは腰を抜かした。

「とはいえ、陛下は君たちを責めるなとおっしゃった。どれほど不服だろうと、僕たち亜種は女王の願いを叶える。陛下が優しくてよかったね。じゃなきゃいまごろ――」

「いやあああぁぁぁあっ！」

奥の病室から、アグネスの悲鳴が響いてきた。エリオットは村人たちを放って廊下を走り、扉に手をかけた。

「陛下!?」

扉を開ければ、シュミーズ姿のセラフィーナと、先ほどまで彼女が着ていたドレスを手に持つアグネスがいた。

「き、きゃあああぁぁぁあっ！」

背中からとはいえシュミーズ姿を異性に見られ、セラフィーナは顔を真っ赤にしてベッドの中にもぐり込んだ。しかし、ベッドまで大股で近づいてきたエリオットが、容赦なく毛布を引っぺがす。

「いやあぁぁあっ、痴漢！　変態！」

両手足を振り回して暴れるセラフィーナを、エリオットは「黙って！」と怒鳴りつけて肩をつかみ、後ろ向きにさせた。アグネスもエリオットの隣に回り、ふたりの熱視線を背中に感じ、セラフィーナはいたたまれない心地でひたすら耐えた。

「これ、鳥かごにぶつけてできた痣だね」

「はい。おそらくは、落ちたときに鳥かごに背中をぶつけたのだと思われます。なんと痛ましいっ……」

確認が終わったからか、エリオットの手が肩から外れた。自由になったセラフィーナは、すぐさま毛布にくるまる。顔だけ出してふたりを見上げれば、エリオットが自分の前髪をわしづかんで盛大に舌打ちした。

「あぁ……もう、忌々しい……このいらいらは、全部マローナにぶつけてやる。バカ王太子め。死んだ方がましって思わせてやるからな」

「そうですね。国王も大臣も泣かせましょう」

とてつもなく不穏な事をふたりしてつぶやいているが、命の危機はないようなのでセラフィーナは放っておくことにした。

たまにはガス抜きも必要だ。

決して、セラフィーナ自身が王太子や国王に対して思うところがあるわけではない。たぶん、きっと、おそらく。


エリオットに退室してもらってから、セラフィーナはアグネスが持ってきてくれた新しい服に着替えた。

動くと背中が痛むな、と思っていたが、痣になっていたらしい。部屋に鏡がないので確認できないが、よほど濃い青痣なのか、着替えを手伝うアグネスが背中のくるみボタンを留める間、ずっと恨み言をつぶやいていた。

身だしなみが整ったのでエリオットに部屋に戻ってもらい、心を落ち着かせるためにもお茶にすることになった。

　セラフィーナの身の回りの品だけでなく、茶葉なども持ってきたというアグネスは、ためらいもなく他人様の台所を借り、温かなお茶と茶菓子を用意してしまった。

「夕食の準備で忙しそうだったのに、よかったのかしら」

「ご心配には及びません。夕食の準備も手伝ってきました。私やエリオット様、後から来るハウエル様やアルヴィン殿下の分も必要となりますから」

「ええっ!?　そんな時間経っていないわよね。それでお手伝いなんてできるの？」

「はい。あとは仕上げを残すのみとなっております。亜種は手先まで器用なのかとご夫人が驚いておられましたわ」

　ルーベル国民は驚異的な身体能力にばかり注目されるが、手先の器用さや頭脳も他国民を凌駕していた。ただ、なんでもできるがゆえに創意工夫をしないのだ。結果、独自の発明や工芸品というものがない。

「そういえば、どうしてアグネスまで一緒なの？　森で誰かに出会ったと言っていたわよね、それと関係があるのかしら？」

　アグネスから渡されたカップに顔を近づけ、香りを味わってから口に含んだ。アグネスが淹れてくれたお茶をまた飲むことができて、ほっと力が抜けた。

　ショートブレッドをつまんでいたエリオットが、「あぁ、それはね」と説明を始めた。

「きーちゃんが陛下の鳥かごを落としてしまったところを、アグネスも見ていたんだ。それで、野営地の番をしている場合じゃないと、必要な荷物をまとめて山へと駆けつけたってわけ」

確か、村人たちに気づかれないよう、山からそれなりの距離を保って野営地を設けたと思ったのだが。分厚い雲はかかっていなかったとはいえ、遙かな上空を飛ぶきーちゃんの動向がわかるなんて、どれだけ視力がいいのか。

「僕たちもきーちゃんの変な鳴き声に気づいて空を見上げていたから、陛下が落ちたことにはすぐに気づいた。で、陛下を保護しようと落ちたと思われる付近までやってきたんだけど、陛下もルーファスも見つからなくて」

「そこで、わたくしも合流したのです。状況から考えて、陛下が村人に拉致されたと考えたわたくしどもは、村を探すことにしました。しかし、土地勘のない険しい山では別行動は得策ではありません。四人で固まって移動していたところ、意外な人達を発見したのです」

「意外な人達？　それがさっき言っていた森で出会った人達ってことよね。え、こんな場所で知り合いに会ったの？」

この山には自分たち以外のルーベルの騎士は立ち入れないはずなのに、知り合いに会うなんて。不思議に思っていると、天井から「クエッ、クエッ」というきーちゃんの鳴き声が聞こえてきた。

「お、どうやらハウエルとアルヴィン殿下が村に着いたみたいだね」

「え？　え？　どういうこと？　きーちゃんの泣き声とハウエルたちの行動になにか関係があるの？」

「あの鳴き声はね、僕たちに陛下の居場所を教えていたんだよ。村を目指す僕たちにおおよその方角を示してくれていたんだ」

珍しく鳴いているなとは思っていたが、そんな意味があったなんて。さすが鳥の世界の亜種。お利口なんて言葉じゃ表しきれないくらい賢い。

驚くセラフィーナを促し、エリオットは外へと向かった。途中通りかかった診察室で、父親の仕事を手伝っていたレヴィが気付いて近寄ってくる。

「おい、なにかあったのか？」

「僕たちの仲間が村にたどり着いたんだよ。そうだ、君も一緒に来たらどうだい。知り合いに会えるよ」

「知り合い？」とレヴィは眉をひそめた。意味深な言い方に不快感を覚えても、気にはなるらしい。いぶかしみながらも後に続いた。

村の正面には畑が拡がっていた。その向こうの木々の間から、見覚えのある人影が現れた。

「お兄様！　ハウエル！」

セラフィーナが声をかけて手を振ると、ふたりは笑顔で手を振り返してくれた。そのまま、アルヴィンが駆けよってくる。

「セラフィーナ！」

走る勢いそのままに、セラフィーナを抱きしめた。息苦しいくらいに強い抱擁だが、それだけ心配をかけてしまったとわかっているので甘んじて受けた。

「ちょっと、アルヴィン殿下！　自分が担当した分は最後まできちんと運んでくださいよ！」

遅れてやってきたハウエルが、なにやらアルヴィンをしかりつけていた。

「あぁ、すまないね。最愛の妹の無事がうれしくて、つい」

「……俺だって駆けよりたかったのに……」

ハウエルの小さなつぶやきは、アルヴィンにぎゅうぎゅう抱きしめられているセラフィーナにはいまいち聞き取れなかった。

そろそろ解放してほしいとアルヴィンの腕を叩くと、腕の拘束が緩んだ。アルヴィンのたくましい胸板から身を離し、ほっとひと息ついたセラフィーナは、もの言いたげに立つハウエルへと振り向いた。

「陛下、無事でよかった」

つぶやいて、ハウエルはセラフィーナの手を取った。その手がわずかに震えていることに気づいたセラフィーナは、しっかりと握り返して言った。

「心配かけてごめんね。私は無事だよ」

自分やルーファスに何が起こったのか、セラフィーナは説明しようとして、ふと、ハウエルが繋いでいない方の手にロープを二本握りしめていることに気づいた。

なぜロープを持っているのだろう。もしや、村への手土産として狩りでもしてきたのか。

いくつもの疑問を頭に浮かべながら、セラフィーナはハウエルの背後をのぞき込む。そして、「えええっ!?」と驚愕した。

予想していたとおり、ハウエルがつかむロープは生物に繋がっていた。が、動物ではなく、人間だった。

二本のロープは、五人の男性の腰に繋がっていた。それぞれのロープに、三人と二人に分かれて繋がれていた。

なぜ人間を捕まえる事態になったのか。ついて行けずに呆然（ぼうぜん）としていたセラフィーナは、先頭の男性に見覚えがあると気づき、「あれ？」と眉間（みけん）にしわを寄せた。

「え、もしかして、あなた！　アルヴァ新聞社の責任者!?」

「お前ら！　どうして女王陛下の騎士に捕らえられてんだよ!?」

セラフィーナとレヴィが同時に声を上げ、ふたりは顔を見合わせた。

「え？　もしかして、レヴィの知り合いなの？」

「は？　なんで女王陛下がこいつらのことを知っているんだ」

「その答えはね、アルヴァ新聞社の社員たちが、全員この村の人間だからだよ。ルーベルの事をよく理解できていないと思ったら、本当にルーベルの騎士と関わりのない地域出身だったわけだ。あのとき冗談で言った出稼（でかせ）ぎがまさかの大当たり。いやぁ、世間って狭いよねぇ」

ふたりの疑問にエリオットが答え、隣のハウエルもしみじみうなずいた。

「山でこいつらを見つけたときはびっくりしたよな。逃げだそうとするから拘束して話を聞いてみれば、マローナのぼろが出てくる出てくる」

「だから村の事情を把握（はあく）していたのね」

村人たちがセラフィーナを傷つけることはないと判断したエリオットたちは、社員から村のだいたいの位置を聞いて二手に分かれることにした。セラフィーナと合流するものと、アルヴァ新聞社の社員と一緒に移動するものだ。

村人との交渉が必要になった場合を考え、国の内情に精通しているエリオットと、セラフィーナの身の回りの世話をするアグネスが先に村に向かうことになった。

ハウエルたちが到着に時間が掛かってしまったのは、アルヴァ新聞社の面々の移動速度に合わせたからだった。

それにしても、アルヴァジュエリーという名前を聞いたときにまさかと思っていたが、そのまさかとは。エリオットの言うとおり、世間は狭いとセラフィーナも思った。

「ちょ、ちょっと待ってくれ。確かにこいつらはルーベルにいたが、たかだか地方の一新聞社でしかないこいつらのことを、どうして女王陛下が知っているんだ」

「それはぁ～」とわざともったいぶって、エリオットはアルヴァ新聞社の社員たちを横目に見る。真っ青な顔でうつむく彼らを見て意地の悪い笑みを深めたエリオットは、判決を告げる審判者のように無情に言い放った。

「女王を侮辱(ぶじょく)する記事を書いたからだよ。陛下が直々に抗議しに行ったんだけどね、彼らは反省するどころかもっとひどい記事を書いてルーベル国民の怒りを買い、町にいられなくなったんだ」

「女王陛下を侮辱って……お前ら、なんてことをしでかしてんだ！」

「すすす、すみません、大将！　大将に女王陛下のことをお知らせするために始めた新聞だったのに……思ったよりいい金になったんで、調子に乗っていろいろ書いていたらルーベルから追い出されてしまいました！」

　腰のロープで五人は繋がっているものの、手脚は自由なのでその場に座り込んで頭を下げた。

「言っておくけど、お優しい陛下は行方（ゆくえ）をくらました君たちの保護を命じていたんだよ。国から追い出したなんて事実、ありえないから」

　エリオットに厳しく訂正（ていせい）され、アルヴァ新聞社の五人は身を縮こませた。

「すみませんっ、見つかったら何をされるかわからないと思って、道なき道を通ってきました！」

「だからルーベルの騎士が見つけられなかったのね」

　誰も嘘などついていなかったとわかり、セラフィーナは密かに安堵（あんど）した。

　事情を知ったレヴィは、驚きよりも納得しているようだった。

「正直、いつかそうなるんじゃないかと思っていたんだ。最近の記事はなんというか……面白くないというか、読んでいてほっこりした気持ちにならないというか……」

「陛下に対する愛情が感じられない？」とエリオットが問いかけると、レヴィは「それだ！」と手を叩いた。アルヴァ新聞社の面々は身内にまで批判され「そんなぁ！」と涙目になった。

　レヴィはため息とともに頭をかきむしり、セラフィーナへと向き直ると、深々と頭を下げた。

「すまない！　こいつらは俺に女王陛下の事を教えるために記事を書き始めたんだ。調子に乗ったこいつらがもちろん悪いけど、もともとのきっかけは俺だ。不快な思いをさせてしまって申し訳なかった」

記事を読んだ当初は怒りのあまり泣き出してしまったが、エリオットたちや町のみんなが代わりに怒ってくれたので引きずってはいない。とはいえ、記事の内容を思い出すと激情も戻ってくるので、あえて考えないようにしている、というのが正解だった。

レヴィが謝る必要はないと顔を上げさせようとしたが、それよりはやくエリオットが「ねぇ」と声をかけた。

「陛下の事を知りたがったって、どういうこと？」

「こいつらがルーベルから里帰りしてきたときに、新聞を持って帰ってきたんだ。そこで女王陛下の記事を読んで、なんというか、ほっこり温かい気持ちになったというか、癒されたんだよ。それを知ったこいつらが、だったら定期的に女王陛下の事を報告しますって言いだして……」

「それでアルヴァ新聞社が生まれたんだね」

納得した風につぶやきながら、エリオットの表情はまだなにか言いたそうだった。しかし、それ以上問い詰めることはなかった。

エリオットの態度は気になったものの、なぜレヴィが自分のことについて詳しく知っていたのかがわかってすっきりしたため、セラフィーナはあえて追及しなかった。

いつの間にかあかね色に染まっていた空に、きーちゃんの「クエ〜」という気の抜けた声が響いた。

　ルーファスが休む病室まで戻ってきたセラフィーナたちは、改めて現状を確認し、今後のことを相談した。

「ルーファスはまだしばらく目を覚ましそうにないな。動かすのも面倒だし、もうしばらくこの村にいようか」

　アルヴィンの冷たい物言いに、ハウエルは「面倒って……」と呆れた。

「まぁでも確かに、陛下を完璧に守り切るためにも、ルーファスがある程度動けるようになるまで待つっていうのは俺も賛成だ」

「でも、あの王太子が余計なことをしないかしら？」

　さっさと山を降りてマローナ国王を問い詰めるべきではとセラフィーナは思う。

「マローナ国王を問い詰めている間に王太子は余計なことをすると思うよ。それよりも、なにが起こっても対応できるよう、村に滞在しておくほうが村人は安全だと思うな」

　王太子と顔を合わせたときを思い出すに、焦っているようにも見えた。エリオットの言うとおり、いまにもなにかしでかしそうである。

「けれど、いつまでも私たちがここに留まることもできないわ。いつかはルーベルへ帰らないと」

マローナ国側が村の要求を呑んだとして、セラフィーナたちがいなくなった途端に掌を返す可能性は十分にある。

「いっそのこと、村人たちを移住させたらどうかな。ルーベルが引き取ればいい。よく移民を受け入れているだろう」

ハウエルの提案は、セラフィーナも考えたことだった。

ルーベルは女王さえいれば幸せな国民性のため、他国で虐げられて行き場がなくなった移民の受け皿となっている。今回のような事象に見舞われた人達を受け入れたことも、一度や二度じゃない。

しかし、セラフィーナは頭を振ってハウエルの提案を否定した。

「教会にご神体があってね、それを動かせないんですって。だからこの場所から移住できないそうよ」

「ご神体？　銅像かなにかなら僕たちが運ぶよ？」

エリオットの言葉に、ハウエルやアルヴィンもうなずいた。ルーベルの騎士が移民たちのために巨大な石像を運んだというのもよくある話だった。

「それが、なにかわからないのよ」

「わからない？　何それ」とエリオットが鼻で笑った。

「もともとは救世主の私物だったそうでね。救世主はそれを誰にも見せずに大切にしていたみたいで、その人が亡くなった後、村人たちは箱に入れたまま祭壇に奉ったらしいのよ」

救世主についてはすでに説明してあるため、エリオットたちから質問が飛んでくることはなかった。かわりに、こんな提案がされた。

「ねぇ、そのご神体の中身、確認してみない？」

エリオットの提案を聞いたセラフィーナとハウエルは、そろって「はあ？」と眉をひそめた。

「私の話を聞いていたの？　ご神体の中身は、誰も見たことがないのよ。つまり、見ちゃだめなの」

「生粋のルーベル国民であるあんたにはわからないかもしれないが、宗教っていうのはとっても繊細なものなんだ。興味本位でべたべた触っていいものじゃない」

「馬鹿にしないでよ、ちゃんとわかってる。僕はジェロームと一緒に国政に関わっているんだ。興味本位じゃなくてきちんと考えた上で、ご神体の中身を確認するべきだって言ってるの」

「確かに、それが現状を打破する一番簡単な方法かもしれないな。うまくいけばの話だがね」

アルヴィンが同意を示した。どうやら、ふたりは同じ可能性に思い至っているらしい。

「うまくいかなかったときは、また別の方法を考えるよ。最悪、王太子と仲間をふん縛ってマローナ国王の下へ運んで、今後のことを交渉すればいいだけだし」

「先に契約違反を犯したのは向こうですからね。約束を破るとどうなるのか、きちんと思い知らせてあげないと。わたくしたちは親切ですから、懇切丁寧に教えてさしあげますわ」

アグネスが口元に手を添えて「ほほほ」とお上品に笑った。生き生きしているのは絶対見間違いじゃない。

だが、マローナに対して思うところがあるのはセラフィーナも一緒だ。事が片付いたらいろいろと隠していそうな腹を無理矢理かっさばいて話をしよう。

ハウエルもそのあたりは同意見なのか、複雑な心境を呑み込んで沈黙を貫いていた。

「じゃあ、教会に忍び込むのは村人が寝静まった深夜にしようか」

エリオットが最終確認をした。反論するものはおらず、教会へ忍び込むことが決まった。


村人が寝静まる深夜。山の中の村に差し込む月明かりはわずかで、街灯などあるはずもなく真っ暗な闇の中に沈んでいた。

アグネスとふたり、ルーファスとは別の病室をあてがわれていたセラフィーナは、下手に歩き回って家の人達を起こしてはいけないと、窓から外に出た。今夜は風が強いらしい。セラフィーナの長い髪が大きくなびき、耳元でごうと音が聞こえた。

小さな村のため、エリオットたちは別の家に散らばって宿泊させてもらっている。集合場所は、エリオットと再会した井戸だ。そこにはすでに、自分たち以外の全員が集まっていた。

「ごめんなさい、待たせてしまったかしら」

「いや、僕たちも集まったところだよ。それより、足音を立ててるとバレちゃうから、あんまりばたばた走らないでね」

その言い方はどうだろうと思うものの、小走りとはいえ走ってしまったセラフィーナは素直に「ごめんなさい」と謝った。

「まぁ、いいよ。この強い風になびく木々のざわめきが、たいていの物音をかき消してくれるだろうし。それで、どの建物が教会なのか、陛下知ってるんでしょ。教えてよ」

教会について聞き込みをして、計画がバレて失敗という事態にならないよう、エリオットたちはそれについて話題に出さないようにしていた。

「えと、向こうに見える大きな建物がそうだって。このまま家屋の裏を歩いて行けば近道になるって教えてくれたわ」

セラフィーナは並ぶ家屋の向こうに覗(のぞ)く屋根を指さした。直接見に行ったわけではないが、他の家屋より頭ひとつ飛び出たそれが教会で間違いないだろう。五人はさっそく移動を始めた。

並ぶ家屋を通り過ぎれば、教会の全体像が見えてきた。井戸から見えた印象と違い、教会は他の家屋より少し背が高いかな、程度のこぢんまりとした建物だった。どうやら、山の中の村であるために村全体が上り坂となっており、村の一番奥にある教会は他の家屋より一段高い位置にあったようだ。

教会は、小さい子供が描く三角屋根の家に似ていた。玄関から奥へと深い縦長の建造物だが、人が住むには手狭に感じた。

両開きの扉を少しだけ開いて、中へと滑り込む。教会の内部は最奥の祭壇(さいだん)以外は何もなく、がらんどうの空間に板張りの床を踏む足音がやたらと響いていた。教会というより、村人が時々集(つど)う講堂に祭壇が設置されている、と説明された方がしっくりくる。

最奥の祭壇は、三段の飾り棚に山から摘んできたのか大小様々な草花が敷き詰められており、その中央には、飾り気のない古びた木箱がふたつの燭台に挟まれる形で置いてあった。

「……ご神体って、これ？」

「ただのふっるい木箱だね」

「二百年前から存在するのだから、そりゃ古いよ」

「ですが、ご神体が安置されているのでしょう？　せっかく宝石が特産なのですからもっと飾り付ければよろしいのに」

「村人たちの素朴さを表しているなって思う」

祭壇の木箱を見下ろしながら、各々好き勝手な感想を述べていると、背後で扉が開くきしんだ音が響いた。

「やっぱり……こんなことだろうと思った」

両開きの玄関扉の前に、レヴィが立っていた。セラフィーナたちを警戒しているのか、険しい表情でにらみつけている。物々しい雰囲気の彼を前に、エリオットは「あらら」と漏らした。

「陛下がドタバタうるさいから、あいつに気づかれちゃったじゃん」

「ええっ、私が悪いの!?」

「頑張って静かに準備させたのですけど……やはり、吹き付ける風に逆らって窓を大きく開いたときに立てた物音が原因でしょうか」

アグネスのまさかの裏切りに、セラフィーナは「いや、だって、風のせいで窓が開かなくて……やっぱりアグネスに任せるべきだった!?」と頭を抱えた。

落ち込むセラフィーナを放って、ハウエルが「なあ、あんた」とレヴィに声をかけた。

「こんな状況では信じてもらえないと思うけどさ、俺たちはご神体を盗みに来たわけじゃないんだ」

「わかっているよ。ご神体がなんなのか、確認しに来たんだろう」

レヴィに言い当てられ、ハウエルたちは今度こそ驚いた。どうやら、厳しい表情の割に冷静に状況を分析できているらしい。

「あの王太子が犯人だったら、迷うことなくぼっこぼこにしているけどな」と、レヴィは顔をそむけて頭を乱暴にかきむしった。

「俺だって、わかっているんだ。この場所から移住するのが一番安全かつ手っ取り早いって。そのためにも、ご神体の中身を確認しなくちゃならない」

村を別の場所に移すのであれば、当然ご神体も運ぶ事になる。中身が割れ物であれば衝撃対策をしなくてはならないし、本や手紙であれば濡れないよう気を配る必要があった。

覚悟を決めたのか、セラフィーナたちのもとまでやってきたレヴィは、祭壇の木箱を見下ろした。

「……なぁ、もしも俺たちが移住を決めたらさ、ルーベルで受け入れてくれないか。宝石を磨(みが)くくらいしかできることはないけれど、ただ、みんなでのんびり暮らせるだけでいいんだ」

「あなたたちが保護を望むなら、私たちは最善を尽くすわ。鉱石が採れるかどうかはわからないけど、山ならルーベルにもあるしね」

思い詰めた表情のレヴィをなだめるように、セラフィーナはことさら優しい声で語りかけた。振り向いた彼に微笑めば、うなずいたレヴィは花に埋もれる木箱へと両手を伸ばした。

「キエェ――――ッ！ キエッ！」

突然、きーちゃんの鋭い鳴き声が響いた。威嚇したり力を誇示するために甲高い声で鳴くことはあったが、それとはまた違う緊迫した声だった。

まるで注意を促すような――エリオットたちも同じ考えに至ったのだろう。広い空間を駆け、勢いそのままに両開きの扉を開け放った。

村の最奥に位置する教会は、多少道がくねっているものの、村の入り口まで一望できた。てっきり侵入者が現れたのかと思ったが、不審者の姿はない。もう少しきちんと見てみようと、セラフィーナはエリオットの背後まで移動する。山の斜面を強い風が吹き上がっている以外、とくに特筆することはなかった。

きーちゃんの気のせいか。しかし、きーちゃんに限って勘違いなんてあるのだろうか。

そんなことを思っていたら、先頭に立つエリオットが「ん？」となにかに気づいて外に飛び出した。臭いを嗅いでいるのか、鼻をひくひくと動かしながらあたりを見渡している。

「……なんだか、変な臭いがしないかい？」

エリオットに続いて、ハウエルとアルヴィンが外に出て鼻をひくつかせた。

「……確かに臭うな」

「これは……焦げ臭い。煙か？」

煙と聞いて、エリオットは「まさか……」と表情を変えた。地面を思い切り蹴って空高く飛び上がる。

ほとんど予備動作もなく遥か高みに跳躍したので、セラフィーナは唖然と見上げるしかできない。よほど高く跳躍したのか、エリオットが夕食のスープに浮かんでいた豆と同じくらいの大きさに見えた。

ただの跳躍とは思えない長い滞空時間を経て、エリオットが地面に着地する。遠い上空から落ちてきたというのに、着地音どころか衝撃による砂煙すら起きなかった。

エリオットの高い身体能力に目を見張っていると、振り返った彼は忌々しそうに言った。

「最悪だよ。あのバカ王太子、山に火を放ちやがった。今夜は山上に向けて強い風が吹いている。山火事がこの村にたどり着くのも時間の問題だ。一刻も早く村人を避難させよう」

「山に火を放ったって……いったい何を考えているの⁉」

こんな風の強い日に山火事が起きれば、すべてを焼き尽くすまで終わらないだろう。

王太子の短慮な行動を信じられずにいると、レヴィは「あいつならやりかねない」と両手を握りしめた。

「あいつらの目的は鉱石採掘場だ。山を覆う木々が燃え尽きれば見晴らしがよくなって見つけやすくなる、くらいにしか思っていないんだ！」

「ついでに村の位置も把握できるし、避難してきた村人たちを待ち構えれば一石三鳥だとか考えていそうだよね」

「腹立たしい気持ちはわかるが、いまは村人たちに状況を伝える方がいいだろう。各家を手分けして回るぞ！」

アルヴィンの指示で全員が動き出す。セラフィーナも動こうとしたが、止められた。

「セラフィーナはレヴィとともにここに残って、家から出てきた村人たちを集めてほしい。レヴィが一緒なら、村人たちも山火事が事実だと信じるだろう。レヴィは、集まってきた村人たちとどうやって避難するか相談しておくように」

「わかった」と返事をして、レヴィはセラフィーナの腕をつかむ。勝手な行動を阻止するためだろう。

セラフィーナも黙ってうなずくと、アルヴィンは優しく微笑みながら妹の頭を撫で、緩やかな坂道を下っていった。

「火事だ！　山火事が起こったぞ！」

「麓で王太子が山に火を放った！　避難するぞ！」

「みんな、起きろ！　村に火が迫っている！」

エリオットたち四人は声を張り上げながら、各家の玄関を叩いて回った。部屋に明かりが灯った後、窓や玄関から住人が顔を出す。

「みんな、こっちに集まってくれ！　嘘じゃない！　本当に火が迫っているんだ!!」

村の高台にある教会前に立つレヴィが、玄関から顔を出した村人に向けて声をかけ、こっちへ来いと大きく手を仰いだ。寝起きで頭が回りきらないのか、村人たちはいまいち状況を理解できないようだったが、きーちゃんが「キエッ、キエッ、キエェ――――！」と鳴いたことで覚醒したのか、はたまた恐怖に駆られたのか、次々に家から飛び出してきた。

「レヴィ！」

教会から二軒離れた家屋から寝間着姿の村長が出てきた。

「村長、山の麓で王太子が火を放った。この風の勢いじゃ、村が火に包まれるのも時間の問題だ。すぐに避難を！」

「あぁ、だがどこに逃げる？　山を下りたところで自分から焼かれに行くようなものだ」

火を避けようにも、これだけ風が強いと火がどこまで拡がるか予想がつかない。

「いやあぁっ！　あれを見て！」

教会前に集まっていた村人の誰かが夜空を指さして叫んだ。促されるまま空を見上げれば、木々の向こうの夜空がぼんやりと赤く照らされ、星の瞬きではない、赤い光が風に乗って舞い上がっているのが遠く見えた。火の粉が上がっているのだろう。風に乗った火の粉が引火すれば、炎から遠く離れた箇所で火の気が上がるかもしれない。

村人たちが身を寄せあって恐怖に震えている。いまだ避難方法を決めあぐねている村長に、セラフィーナは声をかけた。

「あの、村の奥から、王太子たちがいない山の反対側から降りることはできないんですか？　山の向こうには河が拡がっているんですよね？　対岸に渡るのは難しくても、炎の手から逃れることはできると思います」

セラフィーナの提案を、村長は悲痛な顔で首を横に振った。

「村の裏から山を降りる事はできません。途中から崖になっていて、往来する術がないのです」

「本当に断崖絶壁になっていて……ルーベルの騎士ならまだしも、村の人間では俺以外には不可能だ」

ふたりの説明を聞きながら、セラフィーナは口元に手を添えてうつむき、必死に考えを巡らせた。

山の麓から火が迫っていて、強風のせいで火の勢いが強く、さらに火の粉が運ばれてどこから火が上がるか予想がつかない。山の正面から降りるのは不可能だ。

しかし、だからといって山の裏側を降りようと思っても、断崖絶壁が行方を阻む。通れるのは、ルーベルの騎士だけ。

「陛下、村人は全員集まったみたいだよ！」

「どうやって避難するか決まったのか!?」

エリオットたちが戻ってきた。これからどう行動すればいいのかハウエルが問いかけると、村長やレヴィがうちひしがれた表情で頭を振った。

それだけで、現状がどれだけ絶望的か伝わったのだろう。ハウエルだけでなく、この場にいる全員が言葉を失った。

「……この村の住人は全部で何人ですか？」

凍てついた空気を裂いて、思案の世界から戻ってきたセラフィーナが村長に問いかけた。村長は戸惑いながらも、「おおよそ、七十人です」と答えた。

「七十人……ひとりがふたり抱えたとして、だいたい九往復か。それだと厳しいかも……なにか他に、もっと効率よく運ぶ方法……」

両手で頭を抱え、ハチミツ色の髪を乱暴にかき混ぜていたら、またきーちゃんが「キエェ――――！」と鳴いた。警鐘のつもりなんだろうなと見上げて、ふと、思いついた。

「あの！　私を乗せていた鳥かごはどこにありますか？」

「鳥かごですか？　それでしたら、後で必要になるかもしれないと思い、教会の裏で保管してあります」

村長は「あまりに巨大でしたので、教会の出入り口を通れず屋外に出しっぱなしになってしまったのですが」と恐縮しながら教えてくれた。

セラフィーナは喜色を浮かべて両手を握りしめた。

「ありがとうございます！　これでみんなを助けられるかもしれない」

そう言うなり、セラフィーナは坂を少し駆け下りて声を張り上げた。

「きぃ――ちゃ――――ん！」

「クエェッ」

セラフィーナに呼ばれたきーちゃんは、胸を張るように両翼を広げると、羽ばたきながらセラフィーナの目の前に降り立った。抱きつきやすいようにと頭を下げてくれたので、その首に腕をまわして頭を撫でた。

「きーちゃん、怪我をしているところに無理をさせてしまうけれど、村人を乗せた鳥かごを山の向こうの河まで運んでくれないかしら」

「クエッ！　クエクエッ！」

任せろとばかりに、きーちゃんは顔をセラフィーナの身体にすりつけた。ひとりと一匹のやり取りを見ていたエリオットたちが、鳥かごを取りに教会の裏へと向かう。

きーちゃんの首もとをわさわさとマッサージしてから身を離すと、セラフィーナの背後にアルヴィンとアグネスが待ち構えていた。

「陛下、きーちゃんに村人を運ばせる気ですか？」

「きーちゃんだけじゃなく、みんなにも運んでもらうわ。あなたたちなら、ひとりでふたりを運べるでしょう。山の反対側に降りて、河の麓まで運んでほしいの」

「わかった。じゃあ、まずはセラフィーナを安全なところへ……」

抱きあげようとするアルヴィンの手を避けて、セラフィーナは「必要ないわ」と答えた。

「まずは、子供とお年寄りを避難させることが先決です。私は避難計画の発案者として最後までこの場所に留まります」

「ですがっ……」と反対しようとするアグネスを、セラフィーナは視線だけで黙らせた。

「私の安全を確保したいのであれば、一刻も早く村人たちの避難を完了させなさい。これは女王の命令です」

有無を言わせぬ凛とした言葉と眼差しは、まさに女王の風格。鳥かごを運んできたエリオットたちも反論できず、四人のルーベルの騎士は苦悶の表情を浮かべながらも胸に手を当てて片膝をついた。

「我らが主のお望みのままに」

頭を垂れて声をそろえてから、四人は立ちあがった。その表情に、もう迷いも不満もない。大切な女王を守るため、彼らはただ、村人たちを安全な場所まで運ぶだけだ。

「まず、子供たちを鳥かごに乗せよう。安全のために、乳飲み子を抱える母親も一緒に鳥かごに入って」

エリオットが鳥かごの前で片手をあげると、子供を連れた母親たちが集まりだした。

「お年寄りは俺たちが抱えて運ぶ。こっちに集まって、ふたりひと組に分かれて順番を決めてほしい」

ハウエルが教会の玄関前で片手をあげて立つ。しかし、老齢の人々は自分たちが先に行っていいのか判断しあぐねて顔を見合わせるばかりだ。

「若い者たちは避難する人達の誘導を頼む！」

見かねたアルヴィンが指示を出すと、若者たちは自分たちの祖父母の手を引いてハウエルのもとへと向かった。

「レヴィ、あなたはひとりでなら崖を降りられるのでしょう。でしたら、あなたはここで陛下の護衛をお願いいたします」

アグネスの指示に、レヴィは「わかった」と大仰にうなずいた。

「陛下、少しの間あなたの側を離れます。レヴィでは少々――いえ、ものすごく頼りないですが、いないよりはましでしょう。くれぐれも、無理はなさらないでくださいね」

セラフィーナの前まで近寄ってきたアグネスが、かきむしったことで乱れてしまったハチミツ色の髪を指で整えつつ言い含んだ。「わかっているわよ」とセラフィーナが了承すると、アグネスは一瞬疑念の眼差しを向けたが、すぐに霧散させた。

「言い募るだけ時間の無駄ですわね。それよりも、さっさと避難を終えてお迎えに上がります」

斜めに見下ろして苦笑したアグネスは、背を向けて避難者の誘導をするハウエルたちのもとへと向かった。

その間にも、鳥かごには子供が四人と赤子を抱えた母親がふたり乗り込んだ。セラフィーナが快適に眠れるだけの広さを持つ鳥かごは、それだけの人数が乗り込んでも余裕があった。母親と子供たちに絶対に暴れるなと注意事項を伝えてから、エリオットが扉を閉めてきーちゃんに合図を送る。

「キエエエェエッ！」

セラフィーナを運ぶときと同じように、きーちゃんが気合いの鳴き声を上げて羽ばたき、鳥かご上部の輪っかに両足を引っかけた。強い風を巻き起こしながら、いつもより重いはずの鳥かごをぶら下げて飛び立っていく。

危なげなく飛んでいることを確認するなり、エリオットはハウエルたちのもとへと走った。

「それじゃあ、さっさと僕たちも移動を始めよう。僕たちがいないと、鳥かごの扉は開かないからね」

うなずき合って、エリオットたちは左右それぞれの腕に村人を抱えた。「落とすなんてありえないけど、しっかりつかまってね」と前置いてから高く跳びあがり、「ひいいぃぃぃっ」という悲鳴が見る間に遠ざかっていった。

やっぱり悲鳴あげちゃうよね、と共感しながらいつまでも見守っていたら、隣に立つレヴィが「なぁ」と声をかけてきた。

「村のみんなを避難させてくれて、ありがとう。でも……あんたが一番に避難しなくてよかったのか？　女王陛下なのに……」

悔しそうに顔をゆがませながらの問いかけに、セラフィーナは表情を変えずに「女王だからよ」と即答した。

「ルーベル国民は、自分より弱い相手を庇護する。私はルーベルの女王として、あなたたちを守るわ。とは言っても、私自身に力はないから、どうしても他力本願になってしまうのだけど。でも、だからこそ、私は最後まで残るのよ」

ルーベルの騎士を危険にさらすのだから、自分だけ安全なところでのうのうと待つなんてことはしない。したくない。何もできない分、最後までみんなと一緒にここで戦うのだ。

しばらくと待たずに、エリオットたちときーちゃんが戻ってきた。河の様子を聞けば、王太子やマローナの騎士の姿はなく、火の手も伸びていないという。河が増水しているということもなく、山から河までそれなりの距離があるため、水につかることなく待機できているそうだ。

「それじゃあ、次々行くよ」

四人と一匹はひと息つくことなく避難を再開した。きーちゃんが飛び立ち、それを見送る暇もなくエリオットたちがふたりずつ抱えて跳びあがった。

遠ざかっていく悲鳴を何度となく見送って、夜空が赤い光に半分ほど浸食された頃、とうとう最後の村人が運び出されていった。風に乗った火の粉がちらほらと村に降り注ぎ、残された時間の少なさを実感させられて焦りを覚えるも、あとはセラフィーナが避難すれば終わりだ。

胸をなで下ろしたセラフィーナは、ふと、とてもとても大切なことに気づいて、息を止めた。

「……ルーファス」

吐息混じりのささやきが聞き取れなかったのか、レヴィが「え?」と聞き返した。勢いよく振り返ったセラフィーナは、彼にすがりついた。

「ルーファス！　ルーファスがまだ部屋に取り残されているわ！」

セラフィーナを守るために大怪我を負ってしまったルーファスが、病室でひとり取り残されている。思い至った事実に愕然(がくぜん)とするレヴィを放って、セラフィーナは坂を駆け下りた。しばらくとせずにレヴィが追いついてきて、ふたりそろって病室へなだれ込む。

あれだけの騒ぎがあったというのに、ルーファスは変わらず眠りについていた。ほっとする反面、ルーファスはいつになったら目を覚ますのかと不安が胸をよぎる。考えても詮無(せんな)いことと頭を振り、彼が眠るベッドに近づいた。

「レヴィ、あなたならルーファスを運べるかしら？」

「あぁ、背負えば大丈夫だ。ちょっと手伝ってくれるか？」

「わかった」

レヴィの指示に従いながら、なんとかルーファスを背負わせることに成功する。立ちあがったレヴィの背中からルーファスが落ちない事を確認してから、三人は外に出た。

「これはっ……！」

外に出るなり、セラフィーナは驚きの声を上げた。

夜空に舞い上がり、村にちらほらと降り注いでいた火の粉がいつの間にか量を増し、いくつかの家屋の屋根に燃え移っていた。急いで教会へ戻ろう——そう思って緩(ゆる)やかな坂を見上げれば、教会の屋根にまで火の手が上がっていた。

「ご神体が！」

レヴィの悲鳴にも似た声が上がる。その声を聞くや否(いな)や、セラフィーナは考えるよりも先に走り出していた。

「あっ、おい！」

レヴィが呼び止める声にも振り向かず、セラフィーナは坂を駆け上がり、教会の玄関扉を開いた。

屋根部分までしか火が至っていないのか、教会内はいつもと変わらない静けさに包まれていた。室温が高いということもない。

炎が拡がる前にご神体を外に運び出してしまおう。そう判断して、セラフィーナは空っぽな室内を最奥の祭壇目指して突っ切った。祭壇の前に立ち止まるなり、花に埋もれている木箱へと両腕を伸ばす。木箱は本を広げたくらいの大きさで、二の腕くらいの厚みだった。

大きさの割に、木箱はとても軽かった。空だと言われても信じてしまいそうだ。試しに左右に軽く揺さぶってみる。中身が動く感触がない。布か紙を材質にしているのだろうか。

「おい、あんた！　勝手に俺を置いていくんじゃない！」

背後から怒鳴られ、木箱を胸に抱えて振り返ると、レヴィが教会に入るところだった。ルーファスを背負っていない。外に置いてきたのだろう。意識を失ったルーファスをひとり取り残していると思うと不安だが、いまは教会内より外の方が安全だ。

「勝手な行動をして、ごめんなさい。でも、ご神体を運び出さなきゃと思って」

セラフィーナのもとまでたどり着いたレヴィは、彼女が胸に抱える木箱を見て目元をすがめて唇を噛んだ。

「……どうして。あんたは、関係ないだろう！」

うつむいて、足下に向かって吠える。突然取り乱したレヴィに、セラフィーナは面食らったものの、思ったままを口にした。

「だって、これはあなたたち村人にとってなによりも大切なものでしょう？」

ルーベルに宗教という概念はない。女王という存在がある意味で信仰の対象だからだ。

けれども、他宗教に対して理解がないわけでもない。いや、真に理解し合えないことをわかっていると言った方がいいかもしれない。

亜種の血が流れるものにしか女王愛が理解されないように、それぞれの宗教で考えの違いというものはある。信じるものが違うのだ。当然だ。

そして、亜種は女王を否定されることをひどく嫌う。だからこそ、他宗教の教えを否定することはない。彼らの色に染まることは絶対にないけれど、自分たちの色に染めようとも思わない。

ただ、尊重する。その人の信じるものを。

「村を移すのなら、ご神体も一緒。そうでしょう?」

セラフィーナは明るく笑って言い切った。レヴィは前髪をわしづかんで顔を上げると、「そうだな……」と泣き顔みたいに笑った。

「とにかく、早くここを出よう」

セラフィーナが木箱を抱えて両手がふさがっているため、レヴィは彼女の腕をつかんだ。玄関へ向けて走り出そうとして、天井から大量の火の粉が降りかかった。

「危ない!」

叫んで、レヴィはセラフィーナごと背後へ倒れ込んだ。瞬間、天井が崩れ落ち、ほこりと火の粉があたりに舞った。

「げほっ、大丈、夫、か？」

「ええ、ごほっ、なんとか……」

白く霞む世界で咳き込みながら、セラフィーナとレヴィは互いの無事を確認し合った。突然突き飛ばされてなす術もなく倒れてしまったが、腕の中の木箱は無事だ。中身が壊れた感触もしなかった。やはり紙か布でできているのだろう。

ほこりで白けた視界が徐々にましになって、レヴィが立ちあがった。しかし、数歩進んだところで足を止める。

教会の天井の一部が崩れ、積み上がった瓦礫が壁となって行く手を阻んでいた。

レヴィが瓦礫を両手で押してみたが、びくともしない。セラフィーナが天井を見上げてみれば、わずかな隙間が空いていたものの、火が迫っているのか夜空に火の粉が舞っていた。

「くそっ、閉じ込められた！」

苛立った声を上げて、レヴィが進路をふさぐ瓦礫を蹴りつけた。びくともしない瓦礫を見て、自分たちではどうしようもない状況に陥ってしまったといやでも理解させられた。

不幸中の幸いは、火の気配をそこまで感じないことか。火が消えたなんて奇跡は起こっていないだろうが、瓦礫が壁となったのか熱さは感じない。

「……とにかく、いまは堪え忍ぶしかないわ。エリオットたちが戻ってくれば、絶対助けてくれるから」

震える両手をごまかすように木箱を抱きしめて、セラフィーナは言った。振り返ったレヴィはなにか言おうとしたが、セラフィーナの姿を見てなにかを感じ取ったのか口を閉ざす。押し黙ったまま近寄ってきて目の前に座り込むと、木箱を抱きしめるセラフィーナの両手に、自分の両手を重ねた。

「ごめん……」

つぶやいて、レヴィは重なる両手に力をこめた。

どうしてレヴィが謝るのかわからなくて、セラフィーナが知らずにうつむいていた顔を上げると、彼は痛みをこらえるような顔で木箱を見つめていた。

「先祖返りなんて呼ばれておきながら、肝心なときに役に立たなくてごめん。護衛騎士から守ってくれって言われていたのに……」

「そ、んな……あなたの制止を無視して私が勝手な行動をしただけよ。むしろ、私の方があなたを巻き込んでしまったわ」

「いや。あんたはご神体を守ろうとしてくれたんだ。あんたのせいじゃない」

自嘲気味につぶやいて、レヴィはセラフィーナが抱える木箱に額を寄せた。泣いているのかと心配になって、セラフィーナは場にそぐわない明るい声で話しかけた。

「あのっ、大丈夫よ！　みんなが来てくれたらすぐに助け出してくれるから。きーちゃんがあなたの家の屋根を壊しそうになったのを見たでしょう。崩れかけの教会の屋根なんて、簡単に壊してみんなが駆けつけてくれるわ。私たちはただ、彼らを信じて待つだけでいいの」

「……間に合わなかったら、どうすんだよ」

普段の彼からは想像もできない弱音に、セラフィーナは純粋に驚いた。瓦礫の隙間から煙が徐々に漏れるこの状況では、それが普通なのかもしれない。

けれど、セラフィーナは迷いなく断言する。

「間に合うよ。絶対、絶対、間に合うから。彼らは、女王の騎士だもの」

彼らは、自分の命をなげうってでも女王を守る。きーちゃんから落ちたときに身を挺してセラフィーナを守ったルーファスのように。

脆弱だなんだと言われる本人としては非常に不本意な愛で方ではあるが、全身全霊をかけて愛を示してくれる彼らに、セラフィーナも全幅の信頼で返すのだ。

ふと、いつかのおじいちゃん先生との会話を思い出し、セラフィーナは笑みをこぼす。おじいちゃん先生は、セラフィーナに信頼してもらえるほど自分たちが誠意を見せられていないと言っていた。実際、あのときの自分は不安を抱えていた。

けれど、こういう状況に陥ったとき、セラフィーナは恐怖に駆られることはあっても未来をあきらめたりはしない。絶望もしない。

だって、どんな状況だろうと、セラフィーナの騎士は必ず打破してくれるから。

「絶対来てくれるから。あと少し、頑張ろう」

顔を上げてすがるように見つめるレヴィに、セラフィーナは笑顔とともに力強くうなずいた。

レヴィはゆっくりと目を見開いていき、口を開こうとした――そのとき。

鈍い衝撃音が響いて、教会全体が揺れた。

ふたりはあたりを見渡した。もう一度教会に衝撃が走る。三度目の衝撃で、背後の壁から聞こえていることに気づいた。

レヴィがセラフィーナを背中に庇(かば)い、そのままじりじりと壁から距離をとった。

衝撃音が響くたび、祭壇が大きく揺れる。ふたつの燭台が床に転がり、飾ってあった花も祭壇からこぼれ落ちたかと思えば、祭壇の背後の壁が吹っ飛び、祭壇も無残に粉々になった。

ほこりが舞い上がり、ふっとばされた花が降りかかる。レヴィとふたり咳き込みながらも、白いもやの向こう、崩壊した壁のあたりを凝視する。吹き込んできた風がほこりを外へと洗い流し、白壁にぽっかりと穴が開いているのが見えた。そして、崩壊した壁に片足をかけて立つ人物が、ひとり。

耕した大地を思わせる髪と白い布を強い風になびかせ、夜空の下でも輝く金の瞳はこちらを一心に見つめていた。

「駆けつけるのが少々遅くなって申し訳ありません、陛下。お怪我(けが)はございませんか」

「ルーファス！」

名を呼ぶなり、セラフィーナは彼の胸へと飛び込む。ルーファスは危なげなく受け止めた。

「ルーファス、ルーファス……！　もう怪我は大丈夫なの？　だって、あなた、あんなにひどい怪我を……」

ルーファスに抱きしめられたまま、セラフィーナは首を回して彼の様子を確認した。手脚を固定していた添え木を無理矢理引きはがしたのか、ちぎれた包帯の残骸(ざんがい)が巻き付いている。セラフィーナを支える腕も、瓦礫の上に立つ足も、問題なく動かせているようだった。

「ご心配をおかけして申し訳ありません。ですが、もう怪我は全快いたしましたので、ご安心を」

「……は？　え？　全快？　全部治ったって事？　え、だって、骨折してたわよね!?」

「詳しい説明はまた後でいたしましょう。いまはとりあえず、陛下を安全なところへお連れすることが先決です。そこのお前も、一緒に来い」

呆然とセラフィーナたちを見上げていたレヴィだったが、ルーファスの声で我に返り、立ちあがる。

ルーファスはしがみつくセラフィーナをきちんと抱きかかえると、軽く跳びあがって教会の前に着地した。レヴィもその後に続いて教会の残骸を跳び越えてくる。

意識を失っていたルーファスは教会前に転がされていたのか、包帯の残骸と添え木だったと思われる木が転がっていた。

教会は前半分が崩れ、炎に包まれていた。セラフィーナたちを閉じ込めていた瓦礫が燃え尽きるのも時間の問題だっただろう。こうやって目の当たりにすると、自分がいかに危険な状況だったかひしひしと実感して背筋が寒くなった。

思わずしがみつく腕に力が入ると、ルーファスも自らの胸に寄せるように強く抱きしめ返した。

「ご安心ください、陛下。私がすべての脅威からあなたを守って見せます」

耳元でささやかれてくすぐったいが、それ以上に安心してしまい、セラフィーナは身体のこわばりをほどいた。

「陛下！」

遠くから声が聞こえて視線を向ければ、エリオットたちが森から姿を現した。高く跳躍して夜空を漂い、セラフィーナたちの側に着地する。

「とうとう村まで火の手が及んだんだね。待たせてしまってごめん、陛下」

ほこりやすすにまみれたセラフィーナが抱える木箱と、半壊してなお燃え続けている教会を見て、エリオットは眉をひそめた。

「村の人達は全員無事に避難させた。あとは陛下だけだよ」

ハウエルが村人たちの様子を報告してくれている。彼らをゆっくり休める場所に連れて行くためにも、アルヴィンが応援を呼びにルーベル騎士団の宿舎へ向かったそうだ。

「陛下にそんな格好をさせてしまうなんて……宿舎に戻ったら湯浴みをいたしましょうね」

布巾を取り出したアグネスが、セラフィーナの顔についた汚れを優しくぬぐい、乱れた髪を整えた。

「キエッ！　キエッ！」

きーちゃんはまだ火が燃え移っていない家の屋根に止まり、胸を張ってなにやら報告している。

それぞれの言葉をセラフィーナが聞いている間も、ルーファスは抱きあげたまま降ろそうとするそぶりすら見せなかった。その様子を見て、エリオットがため息をこぼす。

「それにしても、やっと目を覚ましたんだね、ルーファス」

「え？　エリオット、だって、あなた言っていたじゃない。ルーファスはしばらく目は覚まさないって……」

「言ったよ？　だから一日半もかかったじゃないか」

「いや、だって、骨折ってそんな一日二日寝たぐらいで治らないでしょう」

セラフィーナはレヴィを見た。彼は戸惑いながらもうなずいてくれた。

そんなふたりをエリオットは呆れた目で見つめ、面倒そうに斜めに見下ろした。

「普通の人間なら何ヶ月もかかるかもしれないけどさ、ルーファスは亜種返りなんだよ。回復力も尋常じゃなく高いに決まってるじゃん。すり傷なんて、ついたその場でふさがっちゃうよ。きーちゃんの怪我だって、とっくの昔に治っているんじゃないかな」

「え、そうなの!?」と驚きながら屋根の上を見上げれば、きーちゃんは問題ないとばかりに怪我をした方の脚一本で立って見せた。相変わらず賢い子である。

「ま、こうやって無駄話している間にも火の手は迫っているし、とりあえず村人たちのもとへ向かおう」

エリオットに促されて、セラフィーナたちは山を下ることにした。

「では、陛下。しっかりつかまってくださいね」

女王愛ダダ漏れの金色の瞳が自分を見つめていることに、セラフィーナは安堵を覚えた。怪我をしてから、彼の瞼(まぶた)が開く事がなかったから。こうやって見つめ合えて、彼の無事を実感させてくれる。

ルーファスの復活に感激していたセラフィーナはすっかり忘れていた。

これから、起こることを。

「いいやあああぁぁぁあああぁぁぁ！」

星空が美しい夜空に、セラフィーナの哀しい悲鳴が響き渡った。

わかりきっていたことなのに、セラフィーナは忘れていた。抱っこで移動とはつまり、自分を抱えるルーファスが空高く跳びあがるということだ。世界が上下にめまぐるしく動き、地面に強い力で引っ張られたかと思えば身体が宙に放り出されそうな浮遊感に襲われ、また地面に引っ張られた。

視界が上下に動くたびにそれがくり返されるのだ。ルーファスの復活に感激してにじんでいた涙が、恐怖による本気泣きに塗りつぶされてしまったのは言うまでもない。

されるがまま、半分意識が飛んでいたセラフィーナは、村人たちが話していた断崖絶壁(だんがいぜっぺき)を視界の端に捉えた。緑に覆(おお)われた山の中腹に、岩壁が顔を出していた。山全体を覆っていた針のような木々どころか草ひとつ生えていない。月明かりを受けて青白く輝く岩壁は、堅牢(けんろう)な城壁のようだった。

なるほど、これは他国の人間には越えられないだろう。そんな考えは、襲いかかる浮遊感で悲鳴とともに夜空に消えた。

斜面が緩やかになり、木々の群れからも抜け出してルーファスが着地した。

終わった。耐えきった。茫然自失になりながら、セラフィーナは意識を失うことなく地獄から生還したことを喜んだ。最初こそルーファスの首にしがみついていた腕はいまや力なくぶら下がり、彼の胸に押しつけたままの顔はぴくりとも動かせない。胸に抱える木箱を落とさなかったことが奇跡だ。

緊急事態とはいえ、他国の人間である村人にこの体験はさぞつらかったことだろう。すべてが済んだいまさら気づいたセラフィーナは、深く反省した。

ふと、着地したままルーファスが動いていないことに気づき、顔を上げた。ルーファスどころか、エリオットたちも立ち止まっている。レヴィが険しい表情で前をにらんでいたため、セラフィーナは視線の先を追った。

「ようやく現れたか、ルーベルの女王。ずいぶんと派手な悲鳴だったぞ。そんな軟弱でよく女王が務まるな。ルーベル最弱の存在というのは本当のようだ」

ふんと鼻をならして、下卑た笑いを浮かべているのは、山に火を放った極悪人。マローナの王太子だった。

軟弱だとあざ笑って侮辱したつもりなのだろうが、あいにくセラフィーナがルーベルで最弱の存在であることは事実なのでまったく腹は立たない。問題は、彼の背後だ。

河の縁に村人が集められていて、その周りを、武器を構えたマローナの騎士が囲っていた。

どうやら、エリオットたちがセラフィーナを迎えに行っている間に現れたらしい。

以前、若者たちがマローナの騎士を倒したと聞いていたのによくよく観察してみれば、村人たちはみな地面にへたり込んでいた。これはもしや、跳躍移動で腰が抜けてしまったのだろうか。

ルーベル国民の常識に他国の人間を当てはめてはいけない。セラフィーナは猛省した。

「無抵抗な村人に向かって武器を向けるとは、マローナの騎士に誇りはないのですか？」

不快感を前面に出した顔でセラフィーナが批難したが、王太子はどこ吹く風で意地悪く笑うだけだった。

「無抵抗な村人？　こいつらは村人なんかじゃない。我がマローナの貴重な資源が眠る山を、不当に占拠していた移民だ。マローナの騎士が守るべき国民じゃない。いわば、略奪者だ」

「……彼らはマローナの国民ではないと、そうおっしゃるのですね」

「そうだ。こんな野蛮（やばん）で短慮（たんりょ）で強欲な人間が、マローナ国民であるはずがないだろう」

「てめえ……」

レヴィが怒りも露わに前に出ようとした。が、マローナの騎士が村人に武器の切っ先を近づけたため、それ以上動けなくなった。

「それよりも、女王。お前が胸に抱えるものは、村人たちが先ほどから口にしていたご神体ではないか？」

セラフィーナは木箱を抱きしめる腕の力を強め、王太子を睨（にら）んだ。下手（へた）に反抗して村人たちに危害を加えられても困るので「そうよ」と答える。

「だったら、その木箱をこちらに引き渡してもらおう」

「これは、村人たちが心を寄せるものです。無関係なあなたが取り上げていいものではありません」

「村人たちが勝手に我が国土に住み、山の資源を搾取して作りあげたもの。ならば、それの所有権は村人ではなく我らマローナにある。ご神体だなんだと言っているが、どうせ木箱の中身は宝石かなにかであろう。この山には、それしかないからな！」

王太子は寄こせとばかりに片手を突き出した。

「早くこちらへ渡せ！　お優しいルーベル女王は、村人が傷つく姿を見たくないのだろう。女王自ら持ってこい！」

セラフィーナに持ってこさせようとすることが許せないのか、抱きしめるルーファスの腕に力がこもった。いまにも跳びかかりそうな雰囲気のルーファスの頬にセラフィーナは手を触れ、落ち着かせる。

「わかったわ。そちらへ持って行きましょう」

「陛下！」

ルーファスが批難の声を上げた。離しそうにない彼と視線を合わせ、セラフィーナは「大丈夫よ」と小さな声で告げる。

「私が隙を作ります。あなたたちは、敵の制圧を頼みます」

「ですが……」といまだ渋るルーファスに、セラフィーナはいたずらな笑みを見せた。

「あのバカ王太子の近くになんて行かないわ。絶対危ない事はしないから、私を信じて」

セラフィーナにそこまで言われては、無視できないのだろう。苦悶の表情で、ルーファスはセラフィーナを降ろした。

さっきの跳躍移動で腰が抜けていたセラフィーナは、気合いで地面に立った。川辺ゆえに小石ばかりで足場が悪い。なんとかバランスをとって、ルーファスの背中越しにレヴィへと視線を向けた。目が合った彼は困惑していたが、なにかしらあると感じ取ったのか、わずかにうなずいて見せた。

エリオットやハウエル、アグネスにも視線を巡らせ、全員が落ち着いていることを確認してから、セラフィーナは王太子へと振り向いた。

「いまからそちらへ行くわ」

言い置いてから、セラフィーナは一歩一歩ゆっくり王太子へ向けて歩き出した。

王太子は木箱の中身が宝石か金銀財宝だと信じて疑っていないようだが、木箱の重さや中身の振動からそれはないと断言できる。

箱の中身は紙か布でできたなにかだ。だから、セラフィーナは迷いなく行動に移した。

「あぁっ、小石に足を取られたぁー」

王太子とルーファスたちの中間あたりで、セラフィーナは見事に躓いた。これでもかとわざとらしい声を上げ、前のめりにつんのめって両腕に抱えていた木箱を高く放り投げる。

「ご神体が……！」

村人たちが悲鳴をあげる。夜空に放り投げられた木箱は空中でふたが開き、百年以上もの長い間誰の目にも触れなかった中身が飛び出した。

ひらりひらりと、強風にあおられて舞う、ご神体。若草色に染められた布でできたそれは、二本の筒が三分の一ほどのところでひとつに繋がった――

幼子の、ズボンだった。

まさかの中身に、村人も王太子もマローナの騎士も唖然とする中、ルーファスたちが動いた。目にもとまらぬ速さで距離を詰めた彼らは、瞬きする間に騎士の意識を刈り取ってしまった。もちろん、王太子も容赦なく沈めておく。

騎士の制圧に動いたルーファスたちと違い、レヴィはご神体の回収に動いていた。風に飛ばされていまだ宙を舞うご神体――ズボンを難なく回収する。

「陛下、お怪我はございませんか？」

騎士を片付けたルーファスがセラフィーナのもとへと舞い戻り、転んだままの彼女を抱きあげた。

「大丈夫よ。自分で転んでおきながら怪我をするほど鈍くさくはないわよ」

定位置の横抱きにされたセラフィーナは苦笑をこぼした。とはいえ、実は気が抜けた途端に腰が立たなくなってしまっていたため、おとなしくルーファスの首に両腕をまわした。

「村人は無事のようね。ご神体は？」

セラフィーナの疑問に答えるように、ルーファスが身体の向きを変えた。ご神体を無事確保したレヴィが、手の中の物体を凝視したまま固まっている。夜空に舞ったときに見たとおり、ご神体は幼子のズボンだった。しかも、膝のあたりに穴が開いている。着用者が転んで破いたのかもしれない。

転んで破れたズボン――この言葉に、セラフィーナは覚えがあった。

「それ、女王のズボンじゃない？」

エリオットの言葉に、ルーファスたちがうなずいた。やっぱりそうかとセラフィーナは頭を抱える。ただひとり状況を呑み込めないレヴィが問いかけた。

「女王の、ズボンって……どういうことだ？」

「どういうもなにも、そのままだよ。ルーベルの騎士は他国に傭兵として五年間派遣された後、その勤めを果たしたご褒美として女王の私物を与えられるんだ。これは、女王が幼い頃にはいていたズボン。いや、もしかしたら陛下みたいに幼い頃に即位した女王かもしれないけど」

「やっぱりルーベルの騎士だったんだな。救世主云々の話を聞いたときからそうじゃないかと思っていたんだ」

「たったひとりで大勢の騎士を退けるなんて、ルーベル国民にしかできない芸当ですわよね」

エリオットにくわえて、ハウエルとアグネスが納得する中、セラフィーナが「ちょっと待って！」と割り込んだ。

「ルーベルの騎士なら、どうして救世主はこの村に留まったの？　亜種が女王から離れて生きるなんて、無理な話よ」

だからこそ、救世主がルーベルの騎士ではないとセラフィーナは判断していたのだ。

当然の主張に、エリオットが「あぁ、それはねぇ」とばつが悪そうに言った。

「ごくごくまれ～になんだけど、どうしようもない方向音痴がルーベル国民にもいるんだ。たいていのルーベル国民は、女王の位置をだいたい感じられる。だからどれだけ迷おうとも女王の下へ帰ることができる」

「あー、そういや俺も、ニギールで暮らしていたとき、ルーベルの方角がよく気になっていたな。いま思えば、あれは女王の気配を感じていたのかも」

腕を組んだハウエルが、視線を空へ向けて昔を懐かしんだ。エリオットが「そうそうそれ」と指をさしてうなずく。

「だけど方向音痴のルーベル国民は、女王の気配を追いかけることができない。遠征の移動中にひとりはぐれたらもう二度と帰ってこられないから、そういう奴ははぐれないようみんなで注意するんだよ。残念ながら、救世主ははぐれてしまったみたいだけど」

「不幸中の幸いは、救世主が女王のズボンを持っていたことですね。女王を感じるよすががなければ、ルーベル国民は正気を保っていられませんから」

ルーファスの説明を、そんな大げさなと笑えないセラフィーナだった。

「……つまり、ここの村人にはルーベル国民の血が流れているって事になるの？」

「もうほとんど薄れているけどね。先祖返りと言われているレヴィで、やっとルーベルの一般人と同じか弱いくらいじゃない？」

　エリオットに指さされて弱いと断言されてしまったレヴィが、突然その場に座り込んだ。

「……なんだよこれ。あー、気が抜けた。あんなに悩んで覚悟決めたってのに。結局、ルーベルに還るだけじゃねぇか」

「な、なんかごめんね。憧れの救世主様が残念なルーベルの騎士で」

「村を慮って残ったのではなく、ただ帰れないから残っただけですものね」

　フォローしようとしたのに、アグネスがとどめを刺してしまった。とうとう、レヴィはその場にくずおれてしまった。

「女王陛下」

　レヴィをなんとか立ち直らせないと、とあたふたしていたら、背後から声をかけられた。振り向けば、村長を始めとした、以前病室で勢揃いした面々が集まっていた。

「村人を山火事より守ってくださり、なんとお礼を言ったらよいのか……心より感謝いたしております」

　村長が頭を下げると、後ろに控える村人たちも一斉に頭を下げた。

「ご迷惑をかけておきながら命まで助けていただいたこの状況で、こんなことをお頼みするのは大変恐縮なのですが……我々を、ルーベルで住まわせていただけませんでしょうか」

「どこかの山を貸していただければ、これ以上ご迷惑はおかけしないと誓います！」

「宝石を磨くくらいしかできませんが……税として納めろとおっしゃるのであれば従います」

「我々はただ、平穏に暮らしたいのです。救世主がルーベルの騎士だったとわかったいま、この地に無理に留まる理由もございません。女王陛下。どうか、我々を受け入れてくださいませんか」

村長の言葉に合わせ、全員が地面に額ずいた。小石が転がる川辺でそんなことをすれば、すねや膝が痣だらけになるだろう。セラフィーナは慌てた。

「あの、皆さん、どうか立ちあがってください。じつは、ご神体の中身がわかる以前から、あなた方をルーベルで引き取れないかと相談していたのです」

村長たちは両手を地面に付けたまま顔を上げ、「それでは……っ」と震える声でこぼす。期待で目を輝かせる彼らに、セラフィーナは慈愛に満ちた笑みをみせてうなずいた。

「あなた方を、我がルーベルは歓迎いたします。どこで暮らすのか、国へ帰ってからゆっくりお話ししましょう。山がいいというのならいい場所がないか探させますが、いまより楽に生活できるよう、よくよく吟味して決めましょうね」

「あ、ありがとうっ、ございます……」

感無量となった村長がなんとか礼の言葉を絞り出した。背後の村人の中にはこらえきれず泣き出すものもいた。それだけ、追い詰められていたのだろう。セラフィーナとしては複雑な心境だった。

「セラフィーナ！」

空から声が降ってきて、セラフィーナたちは夜空を見上げた。夜の闇からアルヴィンが現れて着地したかと思えば、彼に続いて次々に騎士が現れた。

「無事でよかった。騎士を連れてきたよ」

「お兄様！　ご心配をおかけしました。応援を連れてきてくださり、ありがとうございます。それが、少し状況が変わったというかですね……」

セラフィーナからこれまでのいきさつを聞いたアルヴィンは、地面に倒れ伏したままの王太子たちを見下ろして、「いいんじゃない」と答えた。

「村人をルーベルに連れて行くことは、私も賛成していたからね。村人たちはこのまま宿舎の方でいったん預かっておくから、マローナ国を黙らせるのはセラフィーナに任せてもいいかな？」

「それは構いませんが……」

「マローナは相当ごねるだろうな。陛下、なにかいい案はあるのか？」

　心配するハウエルに、セラフィーナは「心配ないわよ」と答えた。

「マローナ側が私たちに偽りを述べて、ルーベルの騎士を悪用しようとしたのだもの。文句なんて言わせないわ。でも、そうねぇ。普通に行って反発されても面倒だから、交渉をさっさと終わらせるためにも、相手の戦意を根こそぎそいでしまいましょうか」

　そう言って、セラフィーナはルーベルの騎士に指示を出した。

　まず、王太子とマローナの騎士をきーちゃんの鳥かごに詰められるだけ詰め込み、あぶれた騎士は縄で拘束（こうそく）してこの近くの町にあるという役場前に転がすよう命令した。それが終わったら、村人をルーベル騎士団の宿舎へと運ぶよう指示する。

「いいですか、あなた方が運ぶのはルーベル国民ではなく、か弱い村人です。跳ねない、焦らない、とばさない。このみっつを守って、乗り手が腰を抜かさない速度で移動してくださいね」

懇切丁寧(こんせつていねい)な注文に、ルーベルの騎士は「我らが主のお望みのままに！」と声をそろえ、良心的な速度で駆けだした。その後を、レヴィとアルヴィンが追いかけていくのを見送って、セラフィーナはきーちゃんへと向き直る。

「さてと、では、マローナ王城までケンカを売りに行きましょうか。ルーファス、私を支えてちょうだいね」

鳥かごの中には王太子とマローナの騎士が敷き詰めてある。セラフィーナはきーちゃんの背中にまたがるしかない。

「お任せください。もう二度と、陛下を危険な目になど遭(あ)わせません」

強い決意とともに、ルーファスは胸に手を添えた。その手に、セラフィーナは自分の手を重ねた。

「危険な目になんて遭っていないわ。だって、あなたが私を守り抜いたのだもの」

ルーファスは金色の瞳を見張った。セラフィーナの若葉色の瞳と見つめ合って、やがて力を抜くように笑い、空いている手でセラフィーナの手を握りしめたのだった。

マローナ国王は、日課である朝の散歩のため、王城の中庭を歩いていた。まだうっすらと青白い空気に包まれた早朝、ひんやりと冷たい空気が肌に触れると寝ぼけた頭が覚醒するようで、マローナ国王にとって欠かせない時間だった。

「キエエエェエッ！」

そんな憩いの時間を切り裂く、鋭い鳴き声が遠くで響いた。まさかと思いながら、慌てて空を見上げれば、すっかり夜が明けて淡い青に染まる空に、翼を広げる鳥の姿を見つけた。

ここから見る限り、鳥の大きさは一般的だ。これ以上大きくならないでくれ。儚い願いはあっさりと破れ、みるみるうちに近づいてきた巨鳥は、その巨大な体軀をマローナ国王の前にさらした。

近づいてきて気がついた。どうやら巨鳥は足に何かをぶらさげているらしい。鳥かごだと理解したマローナ国王は、目を丸くして口をあんぐりと開けた。

巨鳥が持つにふさわしい巨大な鳥かごの中には、マローナの騎士が敷き詰められていたのだ。王太子の姿まである。

巨鳥は地面から少し離れたところで翼を大きく仰ぎ、宙に留まると、鳥かごを地面に落とした。配慮も何もなく放り投げるように落とされた鳥かごは、けたたましい音を立てて地面に激突し、横向きになって転がった。こちらへ向けて転がってくる鳥かごに、マローナ国王は「ひいっ！」と悲鳴をあげて後ずさる。横を向いてもなおマローナ国王より大きい鳥かごは、図ったように目の前で止まった。

ぎゅうぎゅうに敷き詰められた王太子と騎士を間近で見たマローナ国王は、恐怖のあまりその場に座り込んでしまった。

「ごきげんよう、マローナ国王。すがすがしい朝ですわねぇ」

かわいらしい少女の声が降ってきて、マローナ国王はおそるおそる視線をあげた。巨鳥の首もとに、ルーベル女王がまたがっていた。彼女は背後に控える騎士の手を借りて地面に降りると、鳥かごの横に立ってマローナ国王を見下ろした。

朝日を受けてハチミツ色の髪が柔らかに輝き、こちらを見下ろす表情も女王然と微笑んでいる。しかし、纏っているドレスは黒や茶色の汚れが付着し、頬も多少ぬぐったのだろうが黒い汚れが残っていた。

マローナ国王のぶしつけな視線に気づいたルーベル女王は、不機嫌になるどころか笑みを深めた。

「こんなみっともない格好で申し訳ありません。なにぶん、滞在していた村に火を放たれまして。村人を避難させたり犯人を拘束したり、大変だったのです」

「滞在していた、村に、火……？」

つぶやきながら、全身から血の気が引いていくのがわかった。

ルーベル女王が滞在していた村とは、件の村のことだろう。そこに、火を付けた。考えずともわかる。犯人は、鳥かごに閉じ込められている王太子だ。

「どうしてこんなことをするのか問いただしましたらね、こう答えたんですのよ。村人はマローナ国民ではなく、山の資源を勝手に搾取する略奪者だと。マローナ国王のお話と違いますわねぇ」

　ルーベル女王は頬に手を添え、首を傾げる。おっとりとした仕草だが、マローナ国王にのしかかる威圧感は和らがない。

「そのことについて、もうひとつ興味深いお話があるんですよ。村長がね、私におっしゃったんです。自分たちはマローナに帰属しておらず、あの山を領地とした独立国として認められていたと。やはり、マローナ国王のお話と違いますわねぇ。どうしてかしら」

「陛下。それは、どちらかが嘘をついているからかと思いますわ」

　いつの間にか現れていた赤毛の女性が、ルーベル女王に余計な助言をした。彼女の他に、白い騎士服を纏った男と青い騎士服を纏った男も揃っていた。

「そうなの？　じゃあ、誰が嘘をついていたのかしら」

「少し言い回しが違うけれど、村長と王太子は、村人がマローナ国民じゃないという点で共通しているよ」

　白い騎士服の男が答え、マローナ国王を見下ろして酷薄に笑った。

「敵対する村長と王太子が口裏を合わせるとは考えられないから、ふたりは嘘を言っていないんじゃないか」

青い騎士服の男がそう付け足し、さげすむような目でマローナ国王を見下ろした。

「ルーベル女王！　わ、私は、嘘をついたつもりはなく……あの、その……」

うまくごまかさなければと思うのに、何も思い浮かばない。焦るマローナ国王を見下ろして、ルーベル女王は「言い訳を聞きに来たわけじゃないんです」と無邪気に笑った。

「どうやらあなた方はあの山から村人たちを追い出したいようですので、彼らをルーベルで引き受けようかと思いまして。そのご報告に参りました」

「そそ、そんなっ、彼らは我が国の国民です。それを連れて行くとは、略奪ではありませんか！」

さすがにこれは看過できないと、マローナ国王は立ちあがって抗議した。が、着地してからおとなしくしていた巨鳥が鳥かごの上に移動し、マローナ国王へと身を乗り出して「キエエェッ！」と鋭く鳴いた。至近距離で威嚇（いかく）され、マローナ国王はとうとう腰を抜かした。自分を護衛するはずの騎士など、鳥かごが落ちてきた時点で使い物にならなくなっている。

動けなくなったマローナ国王を見て満足したのか、巨鳥は鳥かごから降りていった。

「おかしな事を言いますね。彼らはマローナの国民ではありません。どこへ行こうと彼らの自由です。それに、あなた方が欲しかったのはあの山に眠る鉱石資源でしょう」

おっしゃるとおりで、マローナ国王は何も言えなかった。いや、本当はそれだけではないのだが、アルヴァジュエリーはマローナの重要機密だ。他国の人間の前でほいほいと話せるはずがない。

マローナ国王が押し黙っていると、ルーベル女王は「あぁ、そうそう」と世間話を始めるような気軽さで言い放った。

「彼らが研磨（けんま）した宝石が必要であれば、いつでも言ってくださいね。ちゃんとそちらに卸（おろ）しますから。もちろん、価格は要相談ですけれど」

「宝石の事を知っていて連れて行こうだなんて……そんな横暴がまかり通ってなるものか！　マローナは断固として抗議いたしますぞ！」

アルヴァジュエリーの正体を知られていると知ったマローナ国王は、顔を真っ赤にして怒鳴った。

しかしルーベル女王はうろたえることもなく、冷めた目で「お好きにどうぞ」と言い放つ。

「抗議なり他国に相談するなりどうぞお好きになさいませ。国境を閉じていただいても構いませんよ。だって、こちらも騎士をひきあげますから」

「…………は？　な、なにを……」

「ですから、マローナへの傭兵（ようへい）派遣を取りやめると言っているのです。当然でしょう？　ルーベルの騎士は治安維持にのみ従事し、勢力争いや他国との戦争には一切荷担しない。基本となる取り決めを破ったのですから」

ルーベル女王は赤毛の女性からなにかひものようなものを受け取ると、大きく振りかぶって地面にたたきつけた。

パァンッ！　という破裂音を響かせて、マローナ国王の足下の土が大きくえぐれた。

「バカにするのもいい加減になさい！　ルーベルの騎士は私の大切な騎士です。私利私欲のために利用するなど、決して許しません！」

鞭の一撃に負けない苛烈な言葉に、マローナ国王は呼吸すら忘れて固まった。

鞭を赤毛の女性に返したルーベル女王は、「では、お話は以上です。失礼させていただきますわ」と優雅な淑女の礼をして、赤い騎士服を纏う男にエスコートされながら巨鳥に乗り込んだ。

「キエエエェェエッ！」

背中にルーベル女王を乗せた巨鳥は、号令のようにひと声鳴いてから飛び立った。ふたりの騎士と赤毛の女性もそれに続いて跳びあがり、城門を越えていく。

「あ、あああ、あああああぁぁぁ……」

遠ざかっていく巨鳥を見上げていたマローナ国王は、奇声を上げながら泡をふいてそのまま後ろに倒れたのだった。


「も、もう、だめ……」

ルーベル騎士団宿舎の鍛錬場に数日ぶりに降り立ったセラフィーナは、きーちゃんの背から降りるなりその場にくずおれた。

ここからマローナ王城を往復するだけでもへとへとだったのに、国の端に位置する山から王城まで向かい、さらに宿舎まで戻ってきたのだ。限界などとうに越えている。まさに満身創痍。もう指一本動かせそうになかった。

「陛下、お疲れ〜。いやぁ、惚れ惚れするくらいのあくどさだったよ」

「本当ですね。力でねじ伏せる女王、という感じでしたわ」

「実際は、こんなにへっぽこなのにな……」

　エリオットやアグネスだけでなく、ハウエルまで好き放題に言っている。文句を言ってやりたいのに、芝生に埋もれた顔を動かすことすらできない。もうこのまま眠ってしまおうかな、と思ってしまう。それをしてしまうといろんなものを失いそうな気もするが。

「陛下、お疲れ様でございました。我々ルーベルの騎士や村人を守るため、泥を被ることになろうと戦うあなた様はとても凛々しかったです。陛下の騎士でいられること、誇りに思います」

　突っ伏したままのセラフィーナを抱き起こして、ルーファスが晴れ晴れとした笑顔を向けた。

「ルーファスの言うとおりだね。格好良かったよ、陛下」

「鞭の扱いもずいぶん様になってきましたわ、陛下。この調子で女王道を突き進んでくださいませ」

「この間はやり過ぎじゃないかとか心配したけどさ、マローナみたいに若い陛下を侮っている国もあるみたいだし、このままでいいと思う。それに、国民を守ろうとするあんたは純粋に格好いいと思うよ」

先ほどまでふざけていたのに、エリオットたちに真正面から褒められて、セラフィーナは頑張った甲斐があったんだとほっと力を抜いた。

「お疲れでしょう、陛下。このままお休みください。私がお部屋にお連れいたしますので」

度重なる緊張から解放され、一気に疲れが出てうとうとし始めたセラフィーナを、ルーファスが抱きあげた。歩き出したために規則的な揺れが心地よくて、自分を包む温かさに安心して、セラフィーナはまどろみの世界にすぐに引き込まれたのだった。


マローナ国王にセラフィーナが宣言したとおり、その日のうちにマローナからルーベルの騎士は姿を消した。

最初こそマローナはルーベルが一方的に騎士の派遣を取りやめたと騒いで関係各国にアピールしていたが、「マローナはルーベル騎士団の活動理念を著しく侵害する重大な違反を犯したため、即刻派遣を取りやめることにした」とルーベルが関係各国に書簡を送ったところ、各国からの探りは入ったもののとくに混乱は起きなかった。

今回はエシウスのような侵略未遂は起こっていないし、もしもエシウスと同じように女王を侮辱してルーベル騎士団の機嫌を損ねていたのなら、騎士を引きあげる、などという緩い処置で済むはずがないとわかっているからだ。

つまりは、マローナ側がルーベル騎士団を派遣してもらう際に交わした決まり事をなにか破ったのだろう。私利私欲のためにルーベル騎士団を利用しようとしたのだ。書簡が出回った途端、マローナ側が沈黙したのがいい証拠だった。

書簡には重大な違反の具体的な内容は書かれていない。これ以上マローナ側が騒ぐなら具体的な内容を暴露するぞ、と遠回しに脅しているのである。

マローナが静かになって、各国に派遣されたルーベルの騎士たちはいつも通り粛々と自らの任務をこなし、世界は変わらぬ平和が続いていた。

マローナを残して。

ルーベル騎士団がいなくなったことで、マローナは自国の騎士を地方の治安維持にまわさねばならなかった。しかし、気が遠くなるくらい昔から地方の治安維持をルーベル騎士団に丸投げしていたために、人員も物資も情報も足らず、地方の治安はみるみるうちに悪くなっていった。

ルーベルの騎士がいないと聞きつけたならず者たちがマローナに集まり、街道に出れば身ぐるみはがされ運が悪ければ命さえ奪われる危険にさらされる。各集落は自らの財産を守るだけで精一杯となり、流通など千々にちぎれてしまった。

このままでは国が崩壊してしまう。事態の深刻さを正しく理解したマローナは、ルーベルより騎士の派遣を再開してもらうため、誠意をみせることにした。

此度の騒動の主犯格である王太子の廃嫡。そして、関わった大臣全員の更迭である。

セラフィーナは、王城のバルコニーから広場を見下ろした。王城側面から騎士棟へとつながる門前広場には、ルーベル騎士団マローナ派遣隊が整列している。先頭には、アルヴィンの姿があった。

セラフィーナの背後にはジェロームとルーファス、エリオット、ハウエルにアグネスの五人が、そして室内へと通じるガラス戸の前には、マローナの新しい王太子となったエルネスティがひっそりと立っていた。

王太子であるエルネスティ直々に謝罪を受けたルーベルは、今日、騎士の派遣を再開することになったのだ。

広場に並ぶ騎士たちから熱い視線を一心に受け止めるセラフィーナは、全身がしびれるような錯覚(さっかく)を覚えたものの、ここでたじろいでは女王が廃(すた)ると、背筋を伸ばして胸を張った。

「皆様、急な帰還命令を出しておきながら、故郷で身体(からだ)を休める暇もなくマローナへ戻すことになってしまい、申し訳ありません。ですが、いま、マローナは恐ろしい事態に陥(おちい)っています。すべてはマローナ側が引き起こした事ですが、それでも、真っ先に犠牲(ぎせい)となる国民は無関係です。最も無力で非力な彼らを守る事ができるのは、あなた方だけなのです。どうか、マローナの民を守ってください。よろしくお願いします」

「我らが主のお望みのままに！」

アルヴィンが胸に手を当てて宣言すれば、騎士たちもそれに続いた。

余韻に浸る暇もなく、騎士たちは出発していく。側で見守り続けてきた民が苦しんでいるかもしれない。そう思うといてもいられないのだろう。

「女王陛下、ありがとうございます。これで我が国も、平穏を取り戻すことができます」

城門を飛び越えていく背中を見送っていたら、エルネスティが声をかけてきた。振り返ったセラフィーナは、たおやかに微笑んだ。

「苦しむ民のことを思えば、当然のことですわ。…………でも、見逃すのは今回限りです」

笑顔のまま鋭くなった視線に射抜かれたエルネスティは、「は？」目を見張った。

「気づいていないと本気でお思いですか？　此度の騒動について、あなたはこうなるとわかっていながらあえて国王と王太子を放置しましたね。ルーベルの怒りを買えば、王太子を追い落とすことができる。そう考えた」

事実、王太子の位はエルネスティのものとなり、国王も騒動が落ち着いたら退位することが秘密裏に決まっていた。

「いいですか、これが最後の忠告です。我々ルーベル国民は強い力を持っております。だからこそ、各国の治安維持のみ手伝うのです。庇護を受ける民の中には、我々を正義の審判者のように敬う者もおりますが、ルーベルはこの世界の盟主ではありません。侵略者でもない。古くから存在する一国でしかないのです。どのような理由であれ、他国の権力闘争に関わるつもりはありません。それが、力あるものの責任です」

一言一句聞き逃すなという意志を込めて告げるセラフィーナの気迫に呑まれたのか、エルネスティは呆然としたままうんともすんとも言わなかった。そんな彼の側に、アルヴィンと部下の騎士が立つ。

「え、あの、私になにか……」

騎士に腕を掴まれ、身の危険を感じたエルネスティが蒼白になった。

「あぁ、大丈夫ですよ。あなたに危害は加えませんから。ただ単に、マローナまで運んで差し上げようと思いまして」

「え、運ぶ？　運ぶって、私をですか？」とあたふたする彼を、騎士がひょいと横抱きにする。

「言ったでしょう。見逃してあげますと。ですがお仕置きはします。では、良い旅を」

セラフィーナはそれはもういい笑顔を浮かべて、ひらひらと手を振った。それを合図に、エルネスティを抱える騎士が高く跳躍する。

「ぎいぃぃやあああぁぁぁああぁぁ……」

遠ざかっていく悲鳴と騎士の背中を見送りながら、思う。

開くことなく跳び越えられてしまう城門の意味とはなんだろう。

「陛下、お疲れ様！」

下から声が掛かり、まだ騎士が残っていたのかとセラフィーナは視線を落とした。先ほどまで騎士が整列していた石畳の通路に、レヴィとアルヴァ新聞社の責任者が立っていた。

「レヴィ！　あなた、どうしてここに？」

バルコニーの手すりをつかんで、セラフィーナが身を乗り出す。すると、レヴィは「危ないって」と言って地面を蹴り、ひとっ飛びでバルコニーまでやってきた。

「村のみんなはどうしたの？　もしかして、なにか困ったことがあった？」

ルーベルに無事移住してきた村人たちは、気に入った山を見つけて麓に新しい村を築いていた。ルーベルの騎士だった救世主から受け継いだ身体能力だけでなく、もともと鉱石の存在を感じ取る能力が備わっていたのか、山を掘るなり鉱石が出てきた。村に人を呼びこむために、研磨技術の継承者育成という名目で外の人間を受け入れて村を発展させている。

マローナが落ち着いてきたら宝石を卸してもいいと思っている。アルヴァジュエリーの新作がここ一年ほど発表されていないのは、ふさわしい宝石が手に入らないからだ。このままでは、アルヴァジュエリーに関わる他の職人たちが廃業に追い込まれるかもしれない。高い技術がそんなことで消えるのは防ぐべきだ。

そんな未来の話は置いておいて、いまは目の前のレヴィである。新しい村はルーベルの端に位置するため、王城から結構な距離が離れている。それをわざわざやってくるなんて、なにかあったのではないか。

心配するセラフィーナに、レヴィは「大丈夫だって、何もないよ」と答えた。

「俺、記者になったんだ。アルヴァ新聞社の記者。ルーベルの騎士がマローナへ旅立つって聞いたから、今日はその取材」

「記者……取材……」

思いがけない大転身に、セラフィーナはただただ唖然とする。

「マローナへの騎士派遣、ありがとうな。俺が礼を言うようなことじゃないってわかっているけど、全くの他人事でもないから。マローナだけじゃない。記者になっていろいろ調べて、ルーベルの騎士がたくさんの人を守っていることを知ったよ」

　レヴィは頭をかきながら、照れたような、寂しいような、そんな笑みを浮かべた。

「彼らをまとめる女王を侮辱するような記事を書いて、本当に申し訳なかった。あのことについてはきちんと謝罪記事を書かせたから。これからはちゃんと取材するよ。俺が、ね」

「レヴィが取材するなら安心ね。でも、少し意外だったわ。新しい村が安定するまでは留まると思っていたから」

「あー……、うん。なんつーか、ご神体の中身を知ったとき、自分の世界の狭さを実感したんだ。で、もっと思うままに生きてみようかと思って」

「それが、記者？　もしかして、いろんなところを旅してみたかったとか？」

「確かに、外の世界を見てみたいって気持ちはあったな。でも、やりたかったことは他にあったんだ。だけど、俺の実力じゃあ守る事はできないから。せめて見守っていようと思った」

　レヴィが言っている意味がいまいち理解できなくて、セラフィーナは黙って瞬きをくり返した。レヴィはしてやったりと言わんばかりの笑みを浮かべたかと思うと、「じゃ、もう行くわ。またそのうち、どこかで」と言い置いてバルコニーから飛び降りてしまう。そのまま、下でおとなしく待っていたアルヴァ新聞社の責任者と一緒に去って行った。

「いやはや陛下。他国から村人を連れてきたかと思えば、もしやああいうのが好みなのですか？」

レヴィの背中を見送っていたセラフィーナの耳元に顔を寄せて、ジェロームが問いかけた。

突然耳元でささやかれ、セラフィーナは耳を押さえて彼から距離をとった。

「ちょっ、もう！　そういうことしないで。レヴィはマローナから連れてきた村人のひとりというだけよ」

耳元でささやかれたことに動揺して頬を赤くしているが、どうしてそんなことを言われるのか心底わからないという顔をしている。セラフィーナの様子を見て正しく状況を理解したジェロームは、「おや、残念です」とそれ以上深追いはしなかった。

「ところで陛下、今回のマローナ視察でなにか心境の変化とかはございませんでしたか？　いつもと違う環境で夫候補たちと過ごしたわけですし、こう、なにかぐっとくることがあったりとか……」

眼鏡を光らせたジェロームが、両手をわきわきさせながら食い気味に問いかけてくる。怪しい雰囲気に身の危険を感じたセラフィーナは、さらに数歩後ずさった。いつもならルーファスたちが止めに入ってくれるのに、どうして動かないのかと見てみれば、ジェロームの背後に並ぶ三人はなぜかそわそわしていた。

まったくもって意味がわからない。マローナ視察で心境の変化などあるわけがないだろう。

まぁ、ちょっと、いやかなりルーファスがベタベタしてきたり、エリオットの様子がおかしいときはあったけれども、セラフィーナの周りにはいつもの四人が――

「あ」

思わず漏れた声をジェロームが耳ざとく聞きつけ、「あったのですね！」と一歩詰め寄る。

あった、あった、あったではないか。大きな心境の変化が。

「あのね、今回の騒動で、ほんの少しだけど私がひとりで動かなければならない時間があったでしょう」

ルーファスが大怪我をして意識を失い、エリオットたちともはぐれたあのときのことだ。

「そのときね、ルーファスの事を見つめながらあらためて思ったんだ。私は、みんなに守られていたんだな、て」

「陛下、それは当たり前のことです。あなたはただひとりの尊きお方なのですよ！」

ルーファスがすぐさま反論した。ジェロームを始めとした他の面々も首を縦に振って大いに同意している。

大の大人がそろいもそろって首を縦に振る様子がなんだか面白くて、セラフィーナは笑った。

「わかっているわよ、ちゃんと。でも、なんだろう。あのときは不安だったけど、同時に頼もしくもあったんだ。みんなが絶対、私を守ってくれるってわかっていたから。頭で理解していたことを初めて実感した、という感じかしら」

「陛下……」

セラフィーナの言葉に感激したのか、全員が呆けた顔で目を輝かせている。最初に我に返ったのは、さすがと言うべきかジェロームだった。

「で、では、せめて、陛下がいま一番頼りにしている相手だけでも教えていただけませんか？その方とすぐにどうこうさせようなんて言いません。ただ、現状を把握したいのです！」

必死すぎるように見えるが、ジェロームの立場を思えば仕方がないだろう。セラフィーナ自身、女王の責務として結婚を意識し始めたところだ。

けれども、マローナでの経験で、思ったことがある。

自分はまだまだ世界を知らなさすぎる。少なくともルーベルが騎士を派遣している国をひとおり回って、女王として地に足がついたと実感してからでも遅くはない。その頃にはきっと、いろんな覚悟が決まっているんじゃないか。問題の先送りと言われればそれまでだけれど。

とりあえず、必死なジェロームのためにもここは答えておくべきだろう。今回の騒動で誰が一番頼りになったのか、考えずとも浮かんで、セラフィーナは満面の笑みとともに答えた。

「私がいま一番頼りにしているのは――」

バルコニーに立つ全員が固唾を呑んで見守る中、セラフィーナは告げる。

「きーちゃんだよ」

ぴしっと音が聞こえそうなほど見事に固まった。

「あらあらまぁまぁ。きーちゃんも一応オスですものね。嘘は言っておりませんわ」

唯一の女性であるアグネスが口元に手を添えて「ほほほ」と笑った。

「では、陛下。頼りにならない男性陣はこの場に捨て置いて、部屋でお茶といたしましょうか。コリンが待っておりますよ」

「そうなの？　コリンを待たせるなんていけないわ。早く行きましょう」

アグネスが室内へと通じるガラス扉を開き、セラフィーナは誘われるまま場内へと戻った。

ガラス扉がわずかな音を立てて閉まってもなお、バルコニーに取り残された男性陣は動けなかったという。

あとがき

こんにちは、秋杜（あきと）フユでございます。このたびは『うちの殿下陛下は非力なくせに健気なからかい甲斐のある素晴らしい女性（ひと）です　最弱女王の奮戦』を手にとってくださり、ありがとうございます。

『うちの殿下』シリーズ二作目です！『ひきこもり』シリーズは各作主人公カップルが変わっておりましたので、全く同じ登場人物で続きを書くというのは初めてです！ドッキドキです！そして何よりうれしいです！これもひとえに、前作『うちの殿下は見事な脆弱さと驚きのどんくささを持つ素晴らしい女性（ひと）です』を手にとってくださった読者様のおかげです。ありがとうございます！

相変わらず長い題名ですよね。今回は「陛下はどんな方ですか？」と問いかけられたエリオットの答えとなっております。『健気』という言葉の中には『非力』という意味も含まれているため、重複しているようにも思えますが、『健気』と評価することすら難しいくらいどうしようもない『非力』という意味です。安定の陛下Ｙｏｅｅｅです。

副題に『最弱女王の奮戦』とあります通り、セラフィーナが頑張っている話となっております。あと、きーちゃん。きーちゃんめっちゃ頑張った。このお話を書きながら、セラフィーナと一緒にきーちゃん最強だな、と本気で思いました。絶対にありえませんが、もしもきーちゃんが人化したらひとり勝ちだと思います。誰よりも強くて気遣いができて包容力もある。しかもセラフィーナが複数夫を抱えることになっても彼は文句を言わないんじゃないかな。まさにセラフィーナにぴったり。女王の夫としても最高です。でも鳥なんですよ。残念……っ！

題名だけでなく、本編も長いです。最初の運動会とか、予定の倍くらいの長さになりました。障害物競走が……エリオットがそれはもう生き生きと暴走いたしまして。なんだろう。『ひきこもり』シリーズではだいたいの枚数を予想できていたのに、『うちの殿下』では予想よりも長くなる傾向にある気がします。おそらく登場人物が多いからだと思うんですよ。『ひきこもり』シリーズでは登場人物を必要最低限に絞るようにしていたので。『うちの殿下』はスタメンだけで五人と一羽ですからね。この時点で『ひきこもり』シリーズより多い。

登場人物を絞る、というのは投稿時代から心がけていたことで、受賞した中編は三人しか登場しませんでした。そんな私にとって『うちの殿下』シリーズは挑戦作とも言えます。いや、これまでのどの作品も私個人としては挑戦してきたんですけど、『うちの殿下』シリーズはずっと心がけてきた約束事を破るという、自分の殻を破るみたいな感じでして。一歩踏み出した作品だったんです。それをこのように続刊していただけるなんて……本当に感無量です。ありがとうございます！

担当様、夏真っ盛りに体調を崩して長期間仕事を止めてしまい、申し訳ありませんでした。

私が「すみません、仕事ができません」と連絡したときに、「いまは仕事のことは忘れて身体のことを最優先に考えてください。こちらで調整しますから、大丈夫です」と言い切ってくださったとき、感謝と自分に対する情けなさと安堵感で涙が出ました。もう本当に、支えていただきありがとうございます。信じて待ってくださって、本当に嬉しかったです。これからもよろしくお願いします！

　イラストを担当してくださいました、明咲トウル様、今回もとんでもなく忙しい中で、しかも私のせいでいろいろとスケジュールが不明瞭な状態の中で、美麗イラストを生み出していただき、誠にありがとうございます。表紙絵のエリオットの色っぽさにはまいりました。ラフの時点で、なんということでしょう状態だったんですが、完成版を見て語彙力がゼロになりました。唇が……唇がぁ……！　私は本当に、果報者だと思います。生きててよかった。

　最後に、この本を手に取ってくださいました読者の皆様、心より感謝申し上げます。

　相変わらず一生懸命バカなことをしております。そんな中で、セラフィーナは女王として成長している……はず！　とにかく笑い飛ばして前向きになってほしいという思いを込めて書いておりますので、大笑いしていただけたなら幸いです。

　ではでは、次の作品でお目にかかれますことを、心よりお祈り申し上げております。

秋杜フユ

あきと・ふゆ

２月28日生まれ。魚座。O型。三重県出身、在住。『幻領主の鳥籠』で2013年度ノベル大賞受賞。趣味はドライブ。運転するのもしてもらうのも大好きで、どちらにせよ大声で歌いまくる迷惑な人。カラオケ行きたい。最近コンビニの挽きたてコーヒーにはまり、立ち寄るたびに飲んでいる。

うちの殿下改め陛下は非力なくせに健気なからかい甲斐のある素晴らしい女性(ひと)です
最弱女王の奮戦

COBALT-SERIES

2019年１月10日　第１刷発行

★定価はカバーに表示してあります

著　者　秋杜フユ
発行者　北畠輝幸
発行所　株式会社　集英社
〒101－8050
東京都千代田区一ツ橋２―５―10
電話
【編集部】03-3230-6268
【読者係】03-3230-6080
【販売部】03-3230-6393（書店専用）

印刷所　大日本印刷株式会社

ISBN978-4-08-608086-6　C0193

好評発売中 コバルト文庫
【電子書籍版も配信中　詳しくはこちら
→http://ebooks.shueisha.co.jp/cobalt/】
弱いと女王に…!?
最弱最強ヒロイン♥
最強種族「亜種」の国の民は、
脆弱な王女を愛でるのが大好き。
弱い者を女王に据える慣習だが、
なぜか王女は頑なに
王位を拒んで!?
うちの殿下は
見事な脆弱さと
驚きのどんくささを持つ
素晴らしい女性(ひと)です
最弱王女の奮闘
秋杜フユ
イラスト／明咲トウル